우리는 별일 없이 산다

우리는 별일 없이 산다

초판 1쇄 2013년 11월 27일
초판 4쇄 2015년 05월 14일
지은이 강미, 김혜정, 반소희, 은이결, 이경화, 장미, 정은숙
책임 편집 신정선
편집장 윤정현
마케팅 강백산, 이은영, 김가연
표지 디자인 신병근
본문 디자인 문고은
펴낸이 이재일
펴낸곳 토토북
주소 121-894 서울시 마포구 양화로11길 18 원오빌딩 3층
전화 02-332-6255 | **팩스** 02-332-6286
홈페이지 www.totobook.com **전자우편** totobook@korea.com
출판등록 2002년 5월 30일 제10-2394호
ISBN 978-89-6496-167-4 43810

ⓒ 강미, 김혜정, 반소희, 은이결, 이경화, 장미, 정은숙 2013
이 책은 저작권법에 의해 보호를 받는 저작물이므로 무단 전재 및 무단 복제를 금합니다.
잘못된 책은 바꾸어 드립니다.

*탐은 토토북의 청소년 출판 전문 브랜드입니다.

우리는 별일 없이 산다

강미

김혜정 이경화

박소희 장미

은이결 정은숙

지음

팀

차례

강미
오시비엥침 07

김혜정
유자마들렌 37

반소희
팩트와 판타지 69

은이결
 97

이경화
나우 133

장미

내 사랑은 에이쁠(A+) 165

정은숙
영재는 영재다 195

강미

오시비엥침

쑤진 샘이 손을 흔들며 마지막으로 기차에 올랐다. 친구들은 여전히 창밖으로 몸을 뺀 채 작별 인사를 외쳤다. 그 소리가 점점 멀어지고 기차마저 보이지 않게 되자 선영은 고개를 돌렸다. 찬과 눈이 마주쳤다. 이제 우리만 남았네, 잘해 보자. 정은이 어깨를 으쓱이며 말했다. 여행학교가 진행되는 내내 그래 왔듯 기대와 자신감이 넘치는 목소리였다. 선영은 못 들은 척 신발 끝으로 땅바닥을 두어 번 찍었다. 가장 싫어하는 애와 남게 되다니, 저절로 얼굴이 찌푸려졌다.

셋이 나란히 걸으며 크라쿠프 중앙역을 빠져나왔다. 마주 오던 여자가 그들을 빤히 쳐다보았다. 얼굴이 작고 코가 커서 동화에서 튀어나온 마귀할멈 같았다. 지엔 도브리. 찬과 정은을 따라 두 번째는 선영도 같이 외쳤다. 지엔 도브리. 깜짝 놀란 듯 여자가 종종걸음을 쳤다. 현지어로 동시에 인사하기는 여행학교 놀이의 시작이었다. 그런데 지금은 어쩐지 맥이 없었다. 십대 후반, 열일곱 명의 동기생들이 생각났다. 인도 머수리와 마날리, 발칸 반도를 함께 다닐 때는 차라리 혼자이길 원했는데 벌써부터 그리워졌다.

여행학교는 학기 단위로 세계 여러 곳을 여행하는, 일종의 대안학교다. 학력 인정조차 되지 않지만 대기자까지 있을 정도로 탄탄하게 운영되고 있다. 공부 내용은 머무는 곳에 따라 달랐지만 공연은 필수였다. 대본에서 연기까지 모두가 나서서 만드는 작업이 곧 수업이었다. 희한한 건 그러다 보면 공동생활을 통해 자신을 만난다는 교육 목표에 어느 정도 접근한다는 것이다. 몇 번씩 참가하는 애들도 있는데, 5기생 선영이도 6기까지 하게 되었다.

높은 돔과 화려한 샹들리에로 장식한 대합실을 빠져나와 광장을 가로질렀다. 갈레리아 백화점 앞에서 횡단보도를 건너 중앙시장 광장 쪽으로 걸었다. 12월의 바람이 제법 찼다. 플로리안스카 문을 지나 세 번째 집, 찬이 두꺼운 문을 밀며 옆으로 섰다. 오호, 역시 매너 남! 엄지손가락을 치켜세우며 들어가는 정은과 달리 선영은 주춤거렸다. 벽화 작업이란 말에 솔깃해서 남긴 했으나 아직도 헷갈렸다. 가능하다면 지금이라도 피하고 싶었다. 찬의 눈길에 밀려 안으로 들어가면서도 한숨이 흘렀다. 찬이 문을 닫자 그 진동으로 폴란드 문자와 한글이 나란히 적힌 게스트하우스 간판이 잠시 떨렸다.

"친구들 잘 갔어? 너희는 정말 후회 없는 거야? 내뱉은 말이라고 괜히 책임감 가질 필요 없다. 프라하 안 봐도 돼?"

"강마마, 하나씩 물어봐요. 정말 속사포야."

정은이 말하고 찬과 선영이 고개를 끄덕였다.

"내가 그랬나? 하긴, 질문이랄 것도 없다. 가만있으면 뭐 하니, 우리도 지금부터 시작하자. 함께하기로 한 이상 나도 딱 사분의 일만 발언권을 가질게. 동등하게 하자고. 도안 회의할까? 청소부터?"

닷새를 같이 지냈을 뿐이지만 강마마의 성격은 알만 했다. 가만히 앉아 있을 때는 한없이 고요하고 새침한 얼굴인데 일을 시작했다 하면 일사천리였다. 그러니 이 먼 곳에서 혼자 게스트하우스를 하고 있겠지. 타국 생활에 사연 없는 사람이 어디 있겠냐만 강마마는 특히 추리가 어려웠다. 보이는 나이부터 삼십 대에서 오십 대까지 오락가락했다. 게스트하우스와 카페의 인테리어를 보면 감각이 남다르고, 굵게 쌍꺼풀진 눈과 오똑한 코는 미인 소리를 들을 만했다. 하지만 펑퍼짐한 몸매에 아무렇게나 걸친 작업복을 보면 여자가 맞는가 싶기도 했다.

"그라피티로 해야 해요?"

외국을 다니며 숱하게 봐 왔던 스프레이 페인트 그림은 폴란드 옛 수도인 이곳 크라쿠프에도 마찬가지였다.

"그야, 우리가 의논해야지. 선영과 찬은 어때?"

"이왕이면 우리 식으로, 한국식 벽화요."

찬의 말에 선영도 고개를 끄덕였다. 그리고 싶은 도안 얘기도 쏟아졌다.

"좋다, 좋아. 우리 집이 화려한 옷을 입겠네. 일단 세척부터 하자. 하루 정도는 바짝 말려야 할 테니까 말이야. 도안 아이템 회의는 저녁에 하고. 아, 그리고 작업 끝날 때까지 게스트하우스는 물론 카페 손님도 안 받을 거야. 그러니 방 청소는 물론 식사 당번도 돌아가면서 한다!"

"우우, 독재."

정은이 입을 삐죽이며 말했다. 늘 앞서가긴 하지만 틀린 말은 아니었다. 어차피 비수기이고 여행학교 팀 말고는 손님도 없었다. 그런데 저 당당함은 어디서 나오는 걸까? 선영은 두 손을 앞으로 내밀며 어깨를 으쓱하는 강마마를 바라보았다. 슬쩍 웃음이 났다.

나란히 걷던 강마마가 팔짱을 끼는 바람에 선영이 멈칫했다. 걸음을 맞추려니 신경이 쓰였지만 나쁘진 않았다. 유대인 지구인 카지미에슈로 가는 길, 더 정확하게는 시장으로 가는 길이었다. 선영은 저녁 식사 준비를 위해, 강마마는 길 안내 차 함께 나섰다.

"아, 수백 번 다닌 곳인데 이러고 걸으니 더 좋다. 딸과 걷는 거 같아."

"딸, 있으세요?"

"아니, 없어. 내 딸 할래? 쑤진 샘 없는 틈을 타서 말이야."

"어? 아세요?"

"놀라긴, 걱정 마. 비밀이라는 것도 알아. 듣기 전까진 깜깜 몰랐지 뭐니. 떼 놓고 가려니 마음이 무거우셨나 봐. 애들과 있을 땐 에너자이저 쑤진 샘인데 그때는 천생 엄마더라."

선영은 갑자기 목이 멨다. 엄마라는 말을 들었을 뿐인데 견디기 힘들었던 일들이 하나하나 떠올랐다.

"표정이 왜 그래? 내가 괜한 말을 꺼냈나 보다."

"아니에요……. 엄마는 제가 학교에 계속 다니길 바라셨어요. 그때는 제가 꼬여 있어서 많이 싸웠어요. 엄마는 어떻게든 이겨 내라는 건데 저는 위선이라고 쏘았어요. 학교 다니다 숨 막혀 죽어도 좋으냐, 대안학교 교사이면서 자식 자퇴하는 꼴은 못 보는 거냐, 뭐 이런 식으로…….”

"에고, 전생 원수가 자식으로 태어난다는 말이 왜 있겠어? 자식 못된 거 나도 겪어 봐서 알아. 그래도 찐하게 붙어 지내니 부럽기도 하다. 두 번이면 도대체 몇 나라를 같이 다닌 거야?"

"5기 때는 아니었어요. 엄마가 같이 간다고 했으면 구만리 밖으로 도망갔을걸요. 이번에도 오리엔테이션할 때까지 몰랐어요. 절 키운다고 나가고 싶은 걸 여태 참았으니 막지 말라는데, 저도 어쩌지 못하겠더라고요."

시장 입구는 온통 꽃이었다. 붉고 큰 꽃들로 꾸며진 화환과 바구니가 가게마다 진열되어 있었다. 이끌리듯 뛰어갔지만 모두 조화였다. 첫날 보았던 유대인 묘지가 가까이 있다는 설명을 들었지만 생명 없는 꽃은 싫었다. 물끄러미 선영을 바라보던 강 마마가 대화를 이었다.

"호호, 쑤진 샘답다. 한방 날리셨구먼. 그래, 지금은 엄마랑 어때? 봄에 마날리 벽화 작업도 참여했어? 그림 잘 그려? 어? 또 웃네. 역시 내가 정신없이 퍼붓는 거야?"

"예, 하나씩요……. 엄마로는 잘 모르겠지만 쑤진 샘으로는 좋아요. 마날리에서는 안 했어요. 다른 이유가 있긴 했지만 무엇보다 아무 의욕이 없었어요. 5기 때는 여행이 얼른 끝나기만을 바랐거든요."

"다른 이유라면……."

강마마가 말꼬리를 늘이며 선영의 눈치를 살폈다. 아랫입술을 자근자근 씹던 선영이 한참 만에 입을 열었다.

"음……. 학교 다닐 때 학교 외벽에 그림 작업을 한 적이 있어요. 미술 수행평가이기도 했는데, 친구가 그 일을 마치고 난 뒤…… 죽었어요. 중학교 때부터 친했지만 같은 모둠 하면서 오히려 많이 부딪치고 싸우고……."

평생 갇혀 있을 줄 알았던 말들이 흘러나왔다. 스스로 의아해하며 선영은 말을 이었다.

"…… 나중에 벽에 남겨진 내 이름을 봤어요. 그 친구가 구름과 꽃 사이에 숨겨 두었더라고요. 어떤 마음으로 그랬을까, 오래 생각해 봤지만 아직도 잘 모르겠어요."

"어쩌면 모르는 게 답일 수도 있어. 나도 여기 5년 째 살고 있지만 모르겠거든……. 첫날에 아우슈비츠를 안내할 때부터 네가 눈에 띄긴 했어. 보통은 분노하거나 외면하는데 너는 냉랭하달까, 차분하다고나 할까, 암튼 뭔가 달랐어. 그래도 네가 뭔가를 결정한 건 여행학교 다닌 이후로 처음이라고, 쑤진 샘이 그러더라. 그게 중요한 거지."

채소와 과일 좌판이 보이자 강마마가 선영을 앞으로 밀었다. 재료를 사는 것부터 전적으로 당번이 할 일이었다. 선영은 얼마나 싱싱한지 아삭아삭 소리 날 것 같은 색색의 파프리카와 표고, 양송이를 샀다. 버섯은 익히고 파프리카는 생으로 내놓을 생각이었다. 남은 돈은 폴란드 김치라고 일컫는 양배추 절임을 샀다. 시장을 돌아 나오며 선영은 가슴을 폈다. 단지 찬거리를 샀을 뿐인데 까닭 모를 뿌듯함으로 마음이 뜨뜻했다. 어쩌면 동주 이야기를 해서인지도 모르겠다.

물로 씻어 내린 카페 외벽이 거의 말랐다. 하지만 도안 결정은 쉽지 않았다. 한국적인 것에 합의는 되었지만 그 범위가 너무 넓었다. 정은은 민속놀이를 고집했고, 찬은 말춤 추는 싸이를 그리자 했다. 강마마는 카페 이름과 연관 지어 강을 원했고, 선영은 한글 자모를 살리고 싶었다. 저녁 내내 이야기를 나누었지만 계속 그 자리였다. 여태까지 그래 왔듯 정은은 자기 뜻을 굽히지 않았다.

"최정은! 뭐 하려고 계속 찍어 대니? 이런저런 낙서일 뿐인데."

세척 작업부터 시작해 매순간 디카를 들이대는 정은에게 찬이 쏘아붙였다. 좀처럼 속을 드러내지 않는 애인데도 말이 삐딱했다.

여행학교에 다닌다고 해서 모두 학교를 싫어하는 게 아니고 대학을 포기한 것도 아니다. 오히려 이런 경험을 포트폴리오로 잘 만들어 수시 전형으로 대학에 들어가는 애들이 있다. 선영과 마찬가지로 찬도 정은에게 그런 모습을 본 것이리라. 정은이 유명 대학에 합격한 3기 선배와 친하다는 것, 그에게 얻은 정보대로 포트폴리오를 준비한다는 것은 모두가 알고 있는 사실이다. 정은이 저 혼자만 비밀이라고 생각할 뿐이다.

"진행 과정을 담아 두면 좋잖아. 마무리 공연 때 발표도 해야 하고."

정은이 눈을 동그랗게 뜨고 말했다. 뭐가 문제냐는 말투, 역시 기름 같은 아이였다. 강마마가 대꾸하려던 찬의 팔을 붙잡았다. 찬은 선영을 바라보며 두 눈에 힘을 주었다. 선영은 이번엔 절대 물러서지 말자는 뜻으로 알아듣고 고개를 끄덕였다.

다음 날 각자 그려 온 도안을 펼쳤다. 완성도로만 보자면 정은의 그림이 좋았다. 전통 민화를 재현한 것 같았다. 강마마의 그림도 시선을 끌었다. 화면을 가로지르는 넓은 강은 한국적이면서도 이곳 바벨 성 앞을 흐르는 바스와 강 같기도 했다. 가지 끝이 무성한 나무는 클림트의 '생명의 나무'를 떠올리게 했다. 그에 비하면 선영이나 찬의 그림은 구상 스케치에서 벗어나지 못했다. 선영과 찬이 강마마의 그림을 선택하자 정은의 얼굴이 일그러졌다.

"밤새 그렸단 말이야. 너희 왜 말을 바꿔? 다들 나한테 왜 그래?"

가시가 박힌 말이었다.

"너한테 그러다니, 그림을 보고 하는 말이야."

"선영이 말이 맞아. 건물의 용도를 봐야지. 주위 건물과의 조화도 중요하고. 무엇보다 너 때문에 이야기가 계속 맴돌고 있잖아."

찬이 말하자 정은이 얼굴이 벌게진 채 벌떡 일어섰다. 강마마가 정은의 팔을 잡으며 끼어들었다.

"왜들 이래? 이런 것 하나 조율 못해? 쑤진 샘이 자랑하던 머수리, 마날리 공연은 어떻게 했어? 지금 우리는 뭘 버리자고 모인 게 아니잖아. 좋은 것을 조합하자는 거지. 의견을 모아 보자고."

그래도 정은은 샐쭉한 표정을 풀지 않았다. 선영과 찬도 마찬가지였다. 뚝뚝 끊기거나 비아냥거리던 대화조차 완전히 잦아들었다. 무거운 침묵 끝에 강마마가 말했다.

"이것 봐, 몇 달씩이나 여행을 다니면 뭐 해? 여전히 스스로 만든 틀 속에만 있어. 과거에 묶여 한 걸음도 못 내딛고 있잖아. 셋 다 똑같아. 저만 괴롭고 저만 주인공이네. 정말 실망이야. 내가 도와 달란 것도 아니니 지금이라도 접자, 그만둬. 쑤진 샘에게 연락하고 당장 떠나."

쏜살같이 말을 뱉더니 강마마가 나가 버렸다. 선영이나 정은이 뭐라 대꾸할 새도 없었다. 정은은 자신의 도안을 북북 찢었다. 그러고도 계속 씨근덕거리더니 방으로 달아났다. 아무 말 없이 이쪽저쪽을 살피던 찬이 밖으로 나가려다 말고 방으로 들어갔다. 정은의 울음에 발목이 잡혔음에 틀림없다. 그동안 보아 왔던 착한 캐릭터 그대로다.

선영은 눈에 보이는 대로 지갑을 들고 강 카페 문을 열었다. 찬바람이 얼굴에 부딪쳤다. 틀, 과거, 두려움……. 강마마의 말이 머리를 쪼아 댔다. 선영은 주머니에 손을 푹 찌른 채 되는 대로 걸었다.

잠시 후, 선영은 아우슈비츠로 가는 기차에 타고 있었다. 여행학교 친구들과는 버스로 이동했기에 기차로는 처음이었다. 여러 나라를 다녔지만 혼자 움직이는 것도 처음이었다. 평일이라 그런지 손님이 많지 않았다. 몇 자리 건너편의 남자가 노려보는 것만 같았다. 선영은 외투를 여미며 자리에 붙박인 듯 꼼짝하지 않았다. 핸드폰은 애당초 없었고 여권마저도 숙소에 두고 나왔다. 검표원에게 돌아가는 방법을 물어볼까 했지만 언어가 통하지 않았다. 혼자 무슨 짓을 하고 있는지 그제야 겁이 났다.

　창밖으로 낯선 풍경이 지나갔다. 가만히 바라보고 있자니 어느 순간부터 선영의 가슴이 쿵쾅거렸다. 꿈틀꿈틀, 내면 깊이 묻어 두었던 그 무엇이 밖으로 나오려고 했다. 가슴에 손을 대어 눌렀지만 소용없었다. 묻혀 있던 장면 하나가 생생하게 눈앞에 펼쳐졌다. 학교 옥상에서 떨어지던 동주……. 둔탁한 소리와 몸의 반동, 아이들의 울부짖음과 달려가던 자신, 동주를 안은 손에 묻어나는 피……. 선영은 저절로 감겨 버린 눈에 힘을 주었다. 관자놀이에 검지를 대고 영상을 마주보려 했다. 숨도 크게 쉬었다. 쑤진 샘이 일러 준 대로 하니 덜 괴로웠다.

　그렇게 동주는 떠났지만 책임지는 사람은 아무도 없었다. 학교는 가정불화로 인한 우울증과 성적 비관으로 서둘러 끝맺음하고 반 아이들은 기말고사 준비를 하면서 아무도 동주를 호출하지 않았다. 선영은 그렇지 못했다. 시기하고 질투했던 자신을 견딜 수 없었다. 은따를 묵인하고 은근히 조장까지 했던 자신을 용서할 수 없었다. 오버하지 말라고, 일등이 떠났으니 솔직히 좋지 않느냐는 말까지 하는 아이들을 제정신으로 쳐다볼 수 없었다. 나약한 제자 때문에 내가 무슨 죄냐고 떠드는 담임을 용서할 수 없었다. 자신을 혼란으로 밀어 넣은 동주도 원망스러웠다. 어쩌면 그게 가장 컸을지도 모른다. 하루는 교실 유리창을

깼고 기말고사 때는 시험지를 받는 족족 찢어 버렸으며 훈계하는 담임한테는 바락바락 대들며 의자를 집어 던졌다.

미친 날들의 끝, 징계를 받는 대신 자퇴서를 쓸 때는 마음이 홀가분했다. 심리 상담을 받자는 엄마의 간청도 거절한 채 선영은 틀어박혔다. 다른 친구들과도 연락을 끊었다. 결국 엄마밖에 남지 않았다. 엄마는 점심시간마다 집에 와서 선영의 밥을 챙겨 주었고 책과 화초, 심지어 강아지까지 사 날랐다. 검정고시 학원과 각종 대안학교 자료도 가져왔다. 선영이 모르쇠로 일관하자 엄마는 자신이 교사로 있는 여행학교로 가자고 했다. 아무 의욕 없이 어영부영하던 선영은 엄마의 마지막 카드에 굴복 아닌 굴복을 하게 되었다.

다시 몇 군데 정거장이 스쳐 갔다. 그라피티를 볼 때면 어쩔 수 없이 동주와 함께 그렸던 벽화가 떠올랐다. 동주가 놀이처럼 숨겨 놓았던 두 글자……. 동주의 마음을 만지기라도 하듯 선영은 차창에다 손가락으로 글씨를 써 보았다. 친구와 자신의 이름이 흐릿해지면 손등으로 문질렀다. 쓰고 지우고 쓰고 지우기를 반복하니 마음이 조금씩 가라앉았다.

두 시간 가까이 지나서 역에 도착했다. 아우슈비츠는 독일이 자기 식대로 지어 부른 것일 뿐 폴란드 지명으로는 오시비엥침이었다. 선영은 오시비엥침, 오시비엥침, 발음이 익숙해질 때까지 중얼거렸다. 어쩐지 이름만이라도 제대로 불러 줘야 할 것 같았다. 선영은 수용소를 향한 이정표를 따라 걸었다. 길과 나란히 뻗은 철로가 보였다. 지난번에 보았던 대로라면 저 철로가 끝나는 지점에 브제진카 수용소가 있다. 가스실과 화장터, 재를 버린 연못……. 직접 본 풍경 위에 영화 속 인물들이 겹쳐지며 참혹했던 그 시대가 떠올랐다. 지난여름에 봤던 '글루미 썬데이', '피아니스트', '쉰들러 리스트', '인생은 아름다워'와 같은 영화에서였다. 하나같이 아우슈비츠가 배경이고 유대인이 주인공이었다. 엄마가 보기에 시부저기 옆에 앉았던 것인데 여행학교를 위한 교재 연구였나 보았다. 동유럽을 다니는 동안 애들에게 풀어 놓는 이야기를 듣고 보니 그랬다. 애들이 쑤진 샘, 쑤진 샘 하면서 따르는 이유가 다 있었다.

　선영은 수용소 정문 앞에 다시 섰다. 아치형 문에 독일어로 된 문장 하나가 걸려 있다. ARBEIT MACHT FREI. '노동이 너희를 자유케 하리라'는 뜻이라니 다시 봐도 아이러니다. 아우슈비츠라는 지명처럼 가해자의 언어였다. 선영은 걸음이 닿는 대로 이중으로 설치된 고압선과 죽음의 벽, 가스실과 여러 블록을 드나들었다. 머리카락으로 짠 양탄자, 산처럼 쌓인 가방과 안경, 어린아이들의 사진과 옷……. 처음 볼 때처럼 머리카락이 쭈뼛 서고 몸이 떨려 왔다. 이윽고 선영은 동주를 떠올리게 했던 사진 앞에 섰다. 머리카락이 잘린 채 옆으로 돌아앉은 열네 살 형가리 소녀, 처음 본 그때처럼 바싹 마른 소녀는 그 덩그런 눈으로 선영을 바라보고 있었다. 선영은 앙상한 팔과 드러난 등뼈를 향해 손을 내밀었다가 맥없이 거두었다.

이제 다른 것은 보고 싶지 않았다. 선영은 수용소를 나와 잿빛 담벼락을 따라 걸었다. 벌써 해가 지는지 사위가 어두워져 갔다. 옹송그린 채 빠르게 걷던 선영의 머리 위로 그림자가 훅 끼쳤다. 선영은 자신도 모르게 짧은 비명을 질렀다. 바람에 흔들리며 담 안팎을 넘나들던 포플러 나무였다. 잠시 걸음을 멈추고 포플러의 우듬지를 바라보는데 갑자기 눈물이 솟구쳤다. 서둘러 다시 걸으려고 했으나 이미 터진 눈물이었다. 찰랑찰랑, 넘치기 직전의 샘이었을까? 그치기는커녕 엉엉 소리까지 보태졌다. 선영은 담벼락에 얼굴을 묻었다가 그대로 쪼그려 앉았다. 동주의 아픔이 선영의 가슴을 쳤다. 이름을 새기면서 내게 마지막 신호를 보낸 거야. 얼마나 힘들었을까, 얼마나 무서웠을까……. 왜 몰랐을까, 왜 보듬어 주지 못했을까, 미안해, 미안해…….

얼마나 울었는지 모르겠다. 문득 위를 바라보니 낯선 어른들이 서 있었다. 녹색 눈의 중년 부인이 선영에게 다가와 뭐라고 말했다. 걱정이 가득 담긴 얼굴이었다. 그녀는 비틀거리며 일어서려는 선영을 잡아 주었다. 팔에 느껴지는 온기, 선영은 자기도 모르게 아주머니 품에 안겼다. 다시 눈물이 쏟아졌다. 그녀는 주문 같은 말을 웅얼거리며 선영의 등을 가만히 토닥였다.

크라쿠프로 돌아오는 기차는 복잡했다. 비좁게 앉거나 선 젊은이들, 그들끼리 시끄럽게 나누는 대화가 선영을 고립시켰다. 이방의 언어를 듣고 있자니 녹색 눈 아주머니가 떠올랐다. 그녀의 중얼거림과 고요한 토닥임……. 그래, 생각이 문제야. 울고 있는 이방인을 안아 주는 사람들이 사는 나라잖아. 선영은 용기를 내어 눈길이 마주친 사람에게 살짝 미소를 지어 봤다. 되돌아오는 건 함박웃음. 밖은 점점 어둠이 짙어졌지만 마음은 갈 때보다 한결 가라앉았다.

인파가 몰리는 곳, 사람들을 따라 중앙역에 내렸다. 잠시 방향을 몰라 두리번거리고 있는데 귀에 익은 목소리가 들렸다. 한국어, 그것도 야! 강선영……. 환청인가 싶으면서도 선영은 몸을 돌렸다. 저만치에 찬과 정은, 강마마가 서 있었다. 대번에 눈시울이 뜨거워졌다. 선영은 자석에 이끌리듯 달려가 정은과 찬을 안았다. 그들이 어색해하든 말든 상관없었다. 오늘은 동주가 죽고 난 후 처음 울어 본 날이고, 엄마를 제외한 사람에게 처음

안겨 본 날이니까.

"망할 기집애, 사람을 그렇게 걱정시키다니. 정은아, 찬아, 너희도 말 좀 해 봐. 우리가 얼마나 찾으러 다녔는지 말이야. 바벨성 다 뒤졌지, 까지미에슈까지 갔잖아. 영화 속으로 사라졌나 했다. 그런데 오시비엥침이라니, 거기가 어디라고……."

직물 회관 건너편의 레스토랑에서 강마마가 말했다. 모처럼 푸짐한 저녁에다가 맥주까지 마시고 난 뒤라 분위기가 많이 누그러져 있었다. 킬킬거리던 찬이 강마마의 말을 잘랐다.

"강마마, 그동안 한국말 못해서 어떻게 사셨어요? 끝이 없어요. 그래도 선영이 때문에 외식도 하고 좋은데요. 오늘 저녁 당번이 전데."

"내일로 넘겨야지."

정은이 당연하다는 듯이 말하자 찬이 다시 발끈했다. 하지만 아침과는 조금 다른 색깔의 장난이었다. 즐거운 실랑이가 수그러들자 선영이 말했다.

"강마마 때문이에요. 힘들 때마다 오시비엥침에 가서 힘을 얻는다 하셨잖아요."

"응? 내가? 음……. 나야 여기 살고 또 애인이 있으니까, 너하곤 경우가 다르지."

애인이라는 말에 선영과 정은, 찬이 눈을 동그랗게 뜨고 서로를 바라보았다. 그러면 그렇지, 이유 없이 이 낯선 곳에 살 리 없지. 저마다 질문이 쏟아졌다. 빙글거리며 아우성을 지켜보던 강마마가 한참 만에 입을 열었다.

"프리모 레비. 처음 들어 보는 이름인가? 이탈리아 유대인이야. 날 죽음에서 구해 줬지."

"우와, 멋지다. 잘생기셨어요? 대화는 뭐로 하세요?"

"만난 적 없어. 그분은 날 알지도 못해. 이미 돌아가셨으니까."

뭐야? 국경을 뛰어넘는 러브 스토리를 기대했던 선영은 맥이 탁 풀렸다. 그래도 비난이나 웃음은 나오지 않았다. 진심이 느껴졌기 때문이다. 정은과 찬도 심각해져선 아무 말 없었다. 그 사이 강마마가 가방에서 책을 한 권 꺼냈다. 프리모 레비, 그러니까 강마마의 애인이 쓴 책이었다.

"《이것이 인간인가》?"

"그래, 아우슈비츠 수용소에서 살아남은 체험을 쓴 책이야. 내가 교만해질 때마다 세상이 싫어질 때마다 선생이 되어 주지. 옜다, 선영이에게 줄게. 장소를 공유하는 기념으로 주는 선물!"

선영은 강마마의 말이 이해될 듯 말 듯했다. 열네 살 헝가리 소녀가 다시 떠올랐다. 동주의 얼굴도 오버랩되었다. 뭔가 정리되는 듯하면서도 말로 표현되진 않았다. 몽글몽글한 덩어리로

오시비엥침 · 25

아직 마음속을 떠돌고 있을 뿐이었다. 아직 시간이 더 필요한 모양이었다. 기다리는 수밖에 없겠지. 선영은 가슴에 손을 얹고 천천히 심호흡을 했다.

집으로 돌아오자 강마마는 하품을 하며 방으로 들어갔다. 정은이 카페 벽을 더듬어 스위치를 눌렀다. 테이블 하나를 중심으로 둥그런 불빛이 내려앉았다. 선영과 찬이 정은의 눈짓에 따라 그쪽으로 옮겼다. 주방에서 한동안 바스락거리던 정은이 뜨거운 차를 날랐다. 어색하게 앉아 있던 선영이 두 손으로 컵을 감쌌다. 오늘, 미안했어. 미안해……. 정은이 말했다. 선영이 정색하며 손사래를 쳤다. 자신이야말로 오후 내내 강마마와 친구들을 걱정시킨 장본인이지 않은가.

친구들의 반응에 표정이 밝아진 정은이 말을 쏟아 냈다. 그렇게 안 봤는데 대단하다, 혼자 무섭지 않았느냐, 왜 하필 그곳에……. 바람이 지나가는지 출입문이 조금씩 삐걱거렸다. 연한 불빛을 받은 정은과 찬의 얼굴이 포토샵이라도 한 것처럼 뽀얗게 보였다. 찻잔이 전하는 온기에 마음까지 따스해진 선영은 알지 못하는 기운에 홀리듯 입을 열었다. 생각만으로도 아팠던 기억인데 신기하게도 부드럽게 흘러나왔다. 빤히 쳐다보거나 고개를 끄덕이던 정은이 어느 순간 왈칵 눈물을 쏟았다. 동주가 죽었다는 말에서였다. 선영과 찬이 당황하자 스스로 학교를 그만둔 이야기를 했다. 선영은 고개를 주억거리며 정은을, 불빛을, 어두운 밖을 번갈아 바라보았다. 정은이 동주와 많이 닮았음을 새삼스럽게 느꼈다.

정은이 말을 마치자 주위가 고요해졌다. 선영은 정은과 찬이 비치는 창을 물끄러미 바라보았다. 울컥하는 마음 사이로 낮은 휘파람 소리가 파고들었다. 찬이었다. 서투르게 반복되는 곡조였고 자주 끊겼지만 아무도 토를 달지 않았다. 일어설까 하는 순간에, 어떤 어른은 말이지, 하면서 찬이 말했다. 부모 이야기를 저렇게 할 수 있나 싶을 정도로 툭툭 가볍게 내던지는 말투였다. 선영과 정은은 숨을 죽인 채 찬을 응시했다. 아프고 괴로운 이야기, 시간이 아니라면 용해될 수 없는 이야기들이 흘렀다. 정은이 더듬더듬 선영의 손을 잡았다. 눈물을 들킬세라 얼굴을 돌리던 선영은 잡힌 손에 힘을 주었다.

늦잠에서 깨어난 다음 날은 모처럼 맑았다. 선영과 정은은 눈이 부었다고 통통대며 외벽 앞에 섰다. 강마마까지 하나가 되어 그림의 크기와 내용을 이야기했다. 하루가 지난다고 크게 변할 게 있겠냐만 정은은 말을 아꼈고, 선영과 찬은 정은의 마음을 살폈다. 벽은 크랙 하나 없이 깨끗한 데다가 잘 말라 있었다. 바탕칠이 잘 먹힐 것 같았다. 화이트 수성 페인트에 색료 잉크를 다양하게 섞어 가며 시험한 끝에 모두가 동의하는 색이 나왔다. 갈색보다는 아주 연하게, 아이보리보다는 조금 진한 정도에서 결정되었다. 찬이 색료를 조금씩 붓고 선영이 마음에 드는 색이 나올 때까지 페인트를 저었다.

  바탕칠을 맡은 선영이 사다리에 올랐다. 자세가 불안하긴 했지만 페인트를 잔뜩 묻힌 롤러를 왼쪽 벽 상단에 대고 아래로 쭉 밀었다. 찬 공기를 들이마신 것처럼 속이 시원했다. 정은이 가끔씩 나와 디카를 들이대었다. 선영과 찬은 의미심장한 미소를 교환했다. 도안을 확정 지은 정은과 강마마가 합류하자 일에 속도가 붙었다. 앞치마를 했다고 하나 모두 페인트를 뒤집어쓴 형색이라 서로 쳐다보며 웃기 바빴다.

  "아이고, 모두들 수고했다. 색이 잘 먹었어. 오늘 작업은 여기서 끝내자. 찬이 저녁 당번이지? 시장 가야 하는데 어떡하지? 내가 약속이 있어. 선영이가 길을 아니까 오늘은 너희끼리 다녀올래?"

  역시 강마마다. 하고 싶은 말을 한꺼번에 쏟아 냈다. 하지만 이제는 적응해 적절하게 끼어들 줄도 알게 되었다. 정은이 말했다.

  "저는 '담비' 보려고 마음먹고 있었는데요. 다빈치의 기를 받아 강 카페에 불후의 명작을 남기려고요. 흐흐, 농담이고 자꾸 그 그림이 눈앞에 아른거려요."

바벨 성 안, 차리토리스키흐 박물관에 있는 '담비를 안고 있는 여인'을 두고 하는 말이었다. 평소 같으면 또 잘난 척한다 싶었겠지만 정은이 말을 들은 다음이라 이해되었다. 나대로 무엇이든 열심히 했어. 내가 속한 모둠은 항상 칭찬받고 점수도 잘 받았어……. 그런데 왕따더라.

"그래? 명작을 보겠다는데 말릴 수 없지. 시장은……."

"길을 물어서라도 다녀올게요. 제가 이래 봬도 한솜씨 한답니다. 너희, 머수리에서 먹었던 볶음밥과 누룽지탕 기억하지?"

"아, 맞다. 찬이 얘 꿈이 요리사예요. 아빠에게 박살이 났지만요."

강마마와 정은은 비스와 강 쪽으로 가고 선영과 찬은 카지미에슈로 방향을 틀었다. 그런데 쉽게 찾을 수 있을 줄 알았던 시장이 아무리 걸어도 보이지 않았다. 강마마와 갈 때 제대로 길을 봐 두지 않은 탓이다. 미안해하는 선영을 대신하여 찬이 현지인에게 다가갔다. 여러 번 실패한 끝에 영어를 할 줄 아는 사람을 만날 수 있었다. 저 멀리 크고 붉은 꽃들을 보자 선영은 찬에게 바로 저기라고 소리쳤다.

'안녕하세요, 고맙습니다.'라는 단어밖에 몰랐지만 손짓으로 선택하고 돈을 내보이며 먹거리를 샀다. 그럴 때마다 선영과 찬은 도브리 비에츠주르, 지엥쿠예르를 빠뜨리지 않았다. 상인들은 활짝 웃으며 답해 주었다. 그램 수까지 따져 가며 파는 걸로 봐서 속임수를 쓰는 것 같지도 않았다.

"돈 남았어?"

다 샀다며 돌아가자는 찬에게 선영이 말했다.

"먹고 싶은 거 있어? 진작 이야기하지. 요거밖에 없는데."

찬이 손바닥에 남은 돈을 올렸다. 선영은 찬을 끌고 꽃 가게로 갔다. 겨우 두 송이밖에 살 수 없었지만 만족했다.

"유대인 묘지에 가려는 거야? 입구에 있던 위령비 같은 탑 맞지? 홀로코스트에 희생된 사람들 추모한다는……."

"가는 길이니 잠시 들러 줄 수 있지? 헝가리 소녀에게 주고 싶었는데 오시비엥침에는 꽃 파는 데가 없더라."

"헝가리 소녀? 헝가리 소녀라……."

혼자 중얼거리던 찬이 고개를 주억거렸다. 뒤따르던 선영은 다시 울컥 눈물이 솟구쳤다. 에이, 이게 뭐람, 스타일 구기게……. 얼른 눈물을 닦고 표정을 바꾸려고 했으나 찬에게 들키고 말았다.

"근데 뭐야, 너 지금 우는 거야? 몇 년 만에 처음 운다더니 아직도 계속? 근데 우니까 표정이 살아난다. 색깔이 보인다고. 너, 그동안 무색무취였거든……."

무슨 말을 덧붙이려다 말고 찬이 저만치 비켜섰다. 적당히 모른 척하기 혹은 은근히 배려하기에 알맞은 거리였다.

이윽고 눈물을 추스른 선영의 눈에 찬이 들어왔다. 아버지와의 갈등으로 손목까지 그었다는 애답지 않게 표정이 맑았다. 찬의 상처도 조금씩 아물고 있는 것일까? 선영은 걸음을 떼어 찬과 나란히 섰다. 갈까? 찬이 반기며 말했다. 선영이 고개를 끄덕이자 찬이 가슴을 펴며 팔짱을 내밀었다. 어색함을 없애기 위한 몸짓이었다. 선영은 웃으며 팔을 꼈다가 이내 뺐다.

벽화는 계획대로 착착 진행되었다. 밑그림은 한 사람이 맡는 게 좋을 것 같아 정은이 혼자 그렸다. 선영과 찬은 밑그림을 그리는 정은을 디카에 담아 주었다. 입시를 위한 도구라는 건 여전히 달갑지 않지만 친구니까 마음을 낼 수 있었다.

그림이 끝나자 색칠할 구역을 대략 나누었다. 그래도 원안은 사람 수만큼 뽑아서 각자 볼 수 있게 했다. 선영은 강 카페라는 글자를 맡았다. 한글, 영문, 폴란드 문자가 아래위로 보기 좋게 늘어섰다. 선영은 숱이 적은 브러시로 조심스럽게 색칠했다. 연필 자국 나면 안 돼. 밑그림을 잡아먹으면서 색칠해. 정은이 디카를 누르며 소리쳤다. 알았어, 잔소리쟁이야. 오른쪽에서 나무 밑동을 색칠하고 있는 강마마가 대답했다.

어두워지기 전에 초벌 색칠을 끝내려고 점심도 굶어 가며 열심히 매달렸다. 팔과 허리가 끊어질 듯 아픈 줄도 모르고 쉬지 않고 브러시를 움직였다. 뭔가에 몰두한다는 것, 시간 가는 줄 모르게 매달린다는 것, 무엇인가 만들고 있다는 것……. 얼마 만인지, 과연 자신에게 이런 시간이 있기나 했던 것인지, 선영은 배꼽 주위를 가득 채우는 뿌듯한 기운을 느꼈다.

1단계 완성. 도구를 놓고 뻐근한 어깨를 돌렸다. 자신의 붓질이 섞인 벽화를 느긋하게 감상할 차례다. 그런데 그사이를 참지 못하고 정은이 모두를 불러 모았다.

"자, 모여 보세요. 이제 나무의 열매만 남았어요. 나무의 열매는 한글, 아시죠? 밑그림 그릴 때 일부러 넣지 않았어요. 각자 좋아하는 단어가 있을 거 같아서요. 자, 가지마다 열매 윤곽을 잡아 놓은 것 보이시죠? 음, 저는 일단 저 동그란 열매 속에 '얄리얄리얄라셩'을 넣을 거예요. 시계 방향으로 둥글게 말아 넣는 거죠."

"그게 뭔 말이야?"

"아이고, 이 무식한 친구야. 이렇게 예쁜 말도 몰라? 〈청산별곡〉 후렴, 1학년 때 배운 건데."

찬이 고등학교 문턱도 못 밟아 봤다고 응수하자 정은이 그러시냐고 다시 맞장구쳤다. 강마마는 벌써 열매 속에 글자를 써

넣기 시작했다. '뿌리 깊은 나무, 샘이 깊은 물'을 열매 모양대로 기다랗게 넣을 거라고 했다. 《용비어천가》에서 따온 구절이란 건 선영도 알았다.

다른 사람이 쓰는 것만 구경하다가 선영도 붓을 들었다. 이런 기회가 오다니, 아이디어 뱅크 정은이 다시 보였다. 선영은 정은과 나란히 서서 '하늘을 우러러'를 조심스럽게 적어 나갔다.

"오호, 〈서시〉로구먼. 이건 나도 안다."

찬이 말했다. 그러더니 크기를 달리해 가며 아래로 늘어진 열매를 잡아 '한 점 부끄러움이 없기를'을 채웠다. 바통을 이어받듯 선영은 '오늘 밤에도'와 '별이 바람에 스치운다'를 써 넣었다. 첫 글자 '오'는 특히 크게, 색깔도 진하게 먹였다. 그런 다음 선영은 한 걸음 물러나 심호흡을 했다. 정은이 '얄라리얄라'를 새겨 넣고 저만치에서 찬이 '싸이, 강남 스타일'을 적어 나가는 걸 물끄러미 바라보다가 빈 가지 중간에 '동주'를 붉은 꽃처럼 그려 넣었다. 손이 떨리고 숨이 가빴다.

"성씨는 빼먹는 거야?"

옆에서 정은이 말했다.

"윤동주 모르는 사람이 어딨어? 그냥 이렇게 할래."

선영은 속마음을 들킬세라 퉁명스럽게 대답했다. 선영은 자신만의 방식으로 오동주를 벽에 남긴 것이 만족스러웠다. 긴 애도의 끝, 자신도 모르게 다시 눈물이 흘렀다. 선영은 친구들이 볼세라 서둘러 눈물을 훔쳐 냈다. 고개를 돌리다가 저만치 있는 강마마와 눈이 마주쳤다. 선영은 씩 웃어 보였다. 강마마를 닮은 쑤진 샘, 아니, 엄마가 보고 싶었다.

:: 작가의 말

    계곡과 어울리는 단풍이 절경이라 가을마다 오르는 산이 있다. 어김없이 찾은 그곳에서 얼마 전에 황당한 일을 겪었다. 4부 능선쯤의 등산로가 양철 벽과 가시 철망으로 막혀 있어 구르는 돌무더기를 피해 가며 올라야 했다. 위에서 바라보니, 야구로 치자면 1, 2, 3루를 잇는 선처럼 양철 벽을 둘러쳤는데 타자석에 해당하는 곳에 암자 두 채가 있었다. 자연을 보호한다면서 철벽과 가시 철망으로 산을 동강 내고 있으니 이만저만한 아이러니가 아닐 수 없었다. 하산할 때는 더 가관이었다. 우회로는 고사하고 이정표에 안내문조차 없이 3루에서 홈으로 들어와야 하는 길이 완전히 차단되어 있었다. 항의하는 사람들의 목소리는 "어차피 등산하러 왔으니 돌아가라"는 스님의 방송과 한껏 볼륨을 높인 불경 소리에 묻혀 버렸다. 할 수 없이 길을 만들어 가며 봉우리를 두 개나 오르내렸는데 위험한 순간들이 닥칠 때마다 분노가 치밀었다.

    땀을 닦기 위해 잠시 섰다. 씩씩거리며 암자를 노려보던 어느 순간, 이 소설의 모태가 되기도 한, 자퇴한 제자가 떠올랐다. 암자가 학교와 겹쳐지는 아찔한 상상도 이어졌다. 학교 역시 학생을 내쫓아 놓고 울타리 안에서 자기 말만 떠들고 있지 않은가 싶었다. 섬뜩한 각성에 정신이 번쩍 들었다.

    이 소설은 다양한 이유로 담 밖으로 밀려난 아이들의 이야기이다. 힘들고 쓸쓸한 아이들의 목소리를 담느라고 쓰는 동안 괴롭고 힘들었다. 끝내고 나서도 미진한 마음을 지울 수 없었다. 미처 말하지 못했거나 선명하게 드러내지 못한 게 많아 선영과 동주, 찬과 정은에게 많이 미안했다. 그래서였을까, 언젠가는 이들을 다시 만나고 싶다는 생각을 오래도록 했다. 그사이 암자와 스님이라는 반면교사까지 경험했으니 준엄한 자기 검열 또한 이어지고 있다. 이런 연유로 나는 이 두 가지의 마음이 잘 합쳐져서 더 깊고 풍성한 이야기가 엮어지길 기다리고 있다. 쓸 수 있게 된다면 그 글에서는 선영과 친구들이 더 씩씩하고 즐거웠으면 한다. 그와 더불어 이 땅의 교육 현실 또한 담 밖의 아이들도 앞마당으로 불러들여 놀게 해야 한다고 다짐한다. 가뜩이나 힘든 중생인데 암자와 스님까지 울타리를 쳐야 하겠는가.

강미

1967년 경남 진주에서 태어났으며, 경상대학교 국어교육과와 계명대학교 대학원 문예창작학과를 졸업했다. 1991년 '우리교육' 소설 공모에 입선한 뒤, 2005년 〈길 위의 책〉으로 제3회 푸른문학상 '미래의 작가상'을 수상하며 본격적으로 청소년 소설을 쓰기 시작했다. 지은 책으로 장편 소설 《길 위의 책》, 《밤바다 건너기》, 중단편집 《겨울, 블로그》, 앤솔러지 《불량한 주스 가게》 등이 있다.

김혜정

유자마들렌

말라붙은 밥풀 몇 개가 전부인 밥통이야말로 우리 집의 현주소이다. 동아리 때문에 며칠 늦게 들어갔다고 냉전을 선포한 건 엄마였다. 연극부에 들어갔을 때부터 조짐은 보였으니 그 역사가 자그마치 1년하고도 아홉 달이다. 엄마는 며칠째 바쁘다, 아프다는 핑계로 아예 밥도 하지 않았다. 지금도 밥은 고사하고 어디서 술이나 홀짝거리고 있지 않으면 다행이다. 감옥에 있는 죄수들에게도 밥은 준다는데, 이쯤 되면 엄마로서 직무유기 아닌가.
　수행평가만 해도 그렇다. 돈 주고 사서라도 해 주는 부모도 있는데 그깟 인터뷰 하나 해 주는 게 뭐 그리 어렵다고. 꿈이 뭐

였냐고 물었더니 나를 낳아 꽃 같은 청춘을 잃어버렸다며 말을 잘랐다. 그러면서 걸핏하면 새가 될 것 같단다. 새라고 하면 종횡무진 창공을 날아다니는, 자유의 상징 뭐 그런 건데 엄마는 자유와는 거리가 멀어도 한참 멀었다. 연극부 활동을 반대하는 것만 봐도 그렇다. 그러거나 말거나 지금 나에게 연극부는 인도와도 바꿀 수 없는 셰익스피어인걸.

동아리 홍보 때 끼로 똘똘 무장한 선배들의 노래와 춤, 상황극은 그야말로 명불허전! 연극부 들어가려고 두 번에 걸친 오디션에 패자부활전까지 거쳤다. 고등학교 입학 후 세 번째 주 불타는 금요일, 그 열띤 오디션을 생각하면 지금도 가슴이 두근거린다.

딱 봐도 세 보이고 일진에 담배 좀 물어 봤을 것 같은 아이들이 족히 100명, 입이 딱 벌어졌다. 엄마 말대로 그런 애들과 어울리면 인생 망치는 거 아닐까, 가슴이 졸아든 것도 사실이었다. 하지만 역대 동아리 중 최고 인기를 누렸던 밴드, 노래, 댄스 동아리를 제치고 연극부 '루저스'는 사상 초유의 경쟁률을 자랑했다. 너도나도 붙어 보겠다고 난리 블루스였으나 탈락자들의 곡성과 함께 막을 내린 막장 드라마급 오디션. 나는 패자부활전에서 겨우 살아남았다.

뿐인가. 동아리 발표회 때는 학교에서 늦게까지 연습을 할 수가 없어 집집마다 돌면서 하고 주말에는 공원에서도 했다. 그 결과 공연은 성황리에 끝났지만 그 공연을 끝으로 공식적인 동아리는 해체되었다. 면학 분위기 저해 운운, 학교 측의 일방적인 통보였다. 거기에 굴하지 않고 우리는 비공식적으로 동아리를 지속하고 있다.

'인터뷰해야 하는데 어디 있는 거야?'

문자를 두 번이나 날렸는데도 엄마는 답신이 없다. 요즘 들어 집에 들어오는 시간도 늦고 늘 술 냄새를 풍겼다. 그새 남친이라도 생긴 걸까. 있지도 않은 아빠를 아프리카에 갔다고 바득바득 우기면서 혼자 나를 키우고 있으니 그 정도는 눈감아 줄 용의가 있다.

냉장고는 온통 멸치 세상이다. 골다공증 고위험군인 엄마를 닮아 나도 뼈가 약하다고는 하지만 이제 멸치라면 신물이 난다. 오죽 멸치를 많이 먹었으면 트림할 때마다 비린내가 올라올까. 언젠가 원빈이가 "너 배 속에 멸치 키우지?" 했을 때 움찔했다. 그 애는 내 몸이 멸치처럼 호리호리하고 유연하다는 뜻으로 한 말인데 지레 켕긴 거였다.

채소 칸에는 말라비틀어진 유자가 수북하다. 나를 임신했을 때 많이 먹었다는 이유로 엄마는 유자를 보면 향수 같은 걸 느끼는 모양이었다. 하지만 사다만 놓았지 시다며 먹지는 않았다.

쭈글쭈글한 껍질에서 나는 향기의 유혹을 떨치지 못하고 한 입 베어 물었다. 역시나 진저리가 쳐졌다. 모전여전, 나도 신 것은 딱 질색이다.

그런데 이건 또 뭔가. 유자님들 틈에 떡하니 소주병이 누워 있다. 몸 아프고 속상할 땐 술이 약이라나. 유사 시를 대비해 은장도를 품고 다녔다는 조선 시대 여인들처럼 엄마는 집 안 여기저기 술병을 숨겨 두었다. 눈에 띄는 족족 치워 버렸더니 이제는 등잔 밑 작전이다.

이럴 줄 알았으면 원빈이가 꼬드길 때 못 이기는 척하고 제빵 실습이나 하고 올걸 그랬다. 담당 선생도 무슨 대회에 나가 보라며 나를 찾았다는데. 전에 몇 번 원빈이를 따라가서 빵을 만들어 보았는데 무언가에 홀린 기분이었다. 오븐 속에서 빵이 익어 가는 소리와 고소한 냄새, 오묘한 색과 달콤한 맛이 만들어 내는 앙상블. 무엇보다 반죽이 부풀어 오를 때 가슴까지 몽글몽글해지는 느낌이라니. 연극할 때와는 또 다른 설렘이었다. 담당 선생의 칭찬에 이어 실습실을 기웃거리던 과학 선생 자이구루가 맛을 보고는 엄지를 세워 보였다.

현관문 열리는 소리가 났다. 수행평가고 뭐고 자는 척할까. 우물쭈물하다가 술 냄새를 풍기며 들어서는 엄마와 딱 마주쳤다.

"또 술 마셨어?"

"누군 좋아서 마시는 줄 알아? 술기운 아님 버틸 수가 없으니까 마시지."

단번에 말문을 막아 버렸다. 엄마는 3년 전부터 마트에서 일하고 있다. 이 사람 저 사람 비위 맞추려면 출근하면서 간이고 쓸개고 다 빼놓아야 한다고 툭 하면 푸념이었다. 공기도 안 좋은 데서 하루 종일 서 있으니 다리가 퉁퉁 붓고 온몸이 쑤실 수밖에.

"이제 이 일도 못해 먹겠다. 다리에 힘이 없어서 자꾸 넘어져. 그때마다 등골이 오싹하다니까."

오늘따라 왜 이렇게 엄살 모드로 나오시나. 내가 넘어지면 덜렁대서 그런다고 나무랄 때는 언제고.

"인터뷰해야 돼."

"피곤하니까 내일 해."

"다른 애들은 다 냈단 말야. 묻는 말에 대답만 해 주면 되는데."

"그럼 얼른 해 봐."

"엄마랑 아빠랑 첫 키스는 언제 했어?"

"그런 거 한 적 없어."

"그럼 나를 어떻게 낳았는데?"

"그냥 낳았지 어떻게 낳아?"

"왜, 다리에서 주워 왔다고 하지?"
"그 선생은 왜 이런 숙제를 내 주고 지랄이라니?"
"수행평가라니까. 아니꼬우면 엄마가 선생님 하든가."
"수행평가는 개뿔, 시험이나 잘 봐."
"수행평가 점수 깎이면 시험 잘 봐도 꽝이야."
"그렇게 점수가 중요한 애가 실업계 갔냐?"

 슬슬 자이구루가 원망스러워지는 시점이다. 1학기 때는 뜬금없이 자서전을 써 오라더니, 이번에는 부모님 전기문이다. 돌싱 주제에 인간의 기원, 뿌리가 어떻고 구실이 좋다. 국어 선생도 아닌 과학 선생이. 과학책을 들고 들어오지 않으면 국어 선생이라 해도 될 만큼 책을 많이 읽는 그의 별명이 '자이구루'가 된 데는 이유가 있다. '자이구루'는 '너의 스승에게 경배를'이라는 뜻의 인도 말인데 '너 참 괜찮은 사람이야.' 할 때 쓴다나. 자기가 좋아하는 시인에게 들었다며 그는 아이들을 칭찬할 때면 자이구루, 했다. 어감과 느낌이 좋고 무엇보다 그 말을 들을 때면 기분이 좋았다. 어쨌거나 자서전만 해도 쓰려고 보니 열여덟 해 삶이 너무 평범했다. 여기저기서 보고 들은 걸 짜깁기하고 상상을 보탰다.

 아빠는 조련사로 아프리카에 있으며 엄마와 나도 한때 초원의 그림 같은 집에서 살았다. 초등학교 다닐 나이에 코끼리나 얼룩말을 타고 초원을 누볐는데 그때가 내 인생의 전성기였다. 하필 피부에 동물 털 알레르기가 생겨 5년 전 엄마와 둘이만 일시 귀국했다. 그사이에 모험심이 강한 아빠가 정글 탐험을 떠났다. 현재 아빠는 생사불명으로 소식이 끊긴 상태이다. 그렇게 끼워 넣은 부분들이 실제 겪은 것보다 더 생생해서 사실처럼 느껴졌다. 그래서 쓰는 내내 감상에 빠져 허우적거렸다. 제출하기 전에 원빈이에게 슬쩍 보여 주었다. 그거 네 자서전 맞냐? 왜, 너무 드라마틱해서 놀랐니? 아니, 너 소설 써도 괜찮겠다 싶어서.

원래 인생이 소설보다 더 드라마틱한 것 아닌가!

밤새 세렝게티 초원을 뛰어다녔다. 솔직히 뛰어다녔다기보다는 사자에게 쫓겨 다녔다. 종아리 근육이 뻐근해 비명이 절로 나왔다. 일명 쥐 내림! 다 자이구루 때문이다. 그는 시도 때도 없이 아프리카 동물 이야기를 해 주었고 그때마다 나는 귀를 쫑긋 세웠다.

그들은 날마다 달리고 또 달려. 사자는 굶어 죽지 않으려고, 톰슨가젤은 잡아먹히지 않으려고 죽을힘을 다해 달리지. 톰슨가젤은 한 발짝만 앞서 가면 안전하게 쉴 수 있고 사자는 한 발짝 더 쫓아가면 배부르게 먹을 수 있지…….

결론은 생과 사를 가르는 것은 큰 차이가 아니라 단 한 발짝 차이라는 거였다. 진정 살아 있기를 원한다면 현재에 최선을 다해야 한다는 것. 자이구루의 이야기가 늘 그렇듯이 삼천포로 빠진 감이 있지만, 들어 줄 만했다. 문제는 그 뒤로 내가 초원을 달리는 꿈을 자주 꾼다는 것이다. 그런데 왜 하필 톰슨가젤인가. 사자면 좀 좋으냐고. 나는 사자가 되어 초원을 달리고 싶어 다시 잠을 불렀지만 좀처럼 잠이 오지 않았다.

늦잠을 잔 탓에 아슬아슬하게 교문을 통과했다. 게다가 담임보다 한 발짝 앞서 내 자리에 안착했으니 비교적 운이 좋았다. 그런데 교실에 들어온 담임 얼굴이 심상치 않다.
"야, 교실이 쓰레기장이야? 어제 우산 다 가져가라고 했지? 안 가져 간 새끼 누구야?"
어제는 학생 부장이 빼앗은 바람막이와 후드집업을 쓰레기 더미 취급하며 악을 쓰더니 오늘은 담임이다. 교복과 우산, 망둥이와 꼴뚜기의 상관관계는 무엇일까.
"우산 주인 나와! 안 나와?"
아이들이 서로 눈길을 주고받으며 웅성거렸다. 우산 주인은 나오지 않았다. 160, 170, 180……. 담임의 얼굴을 보니 혈압이 위험수위에 근접했다. 거품 물고 쓰러지는 건 노 땡큐데.
"기범이 니 거 아냐?"

"난 어제 가져갔는데."

"잘 봐. 니 거잖아. 접때 PC방에서 바뀐 거."

귀 밝은 담임이 그새 듣고 기범이를, 엄밀히 말하면 기범이 새꺄, 를 불렀다. 포탄급 기염에 기범이는 그제야 그 우산이 자기 것임을 알아챈 듯했다. 뒤통수를 긁으면서 앞으로 나가는데 담임의 주먹이 앞서 기범이 목덜미에 꽂혔다.

"이 새끼가 어디다 정신줄을 빼놓고 다니는 거야?"

"죄송해요."

"죄송?"

담임이 우산으로 기범이 등짝을 내리치는 순간, 내 입에서 신음이 터져 나왔다. 옆에 있는 아이가 울면 따라 운다는 거울 뉴런. 우산이 기범이 몸을 스칠 때마다 내 어깨와 목, 허벅지, 옆구리에도 통증이 왔다. 기범이가 헉, 소리를 내며 바닥으로 나뒹굴었다. 담임이 식식거리며 나가자 아이들이 기범이를 에워쌌다. 기범이는 입술이 터져 피가 나왔지만 다행히 어디가 부러지지는 않은 듯했다.

"전치 2주는 나올 것 같은데, 이거 가만있으면 안 되는 거 아냐?"

"이럴 줄 알고 내가 사진 찍어 놨어. 인터넷에 올릴까?"

원빈이와 진규가 의기투합하는 가운데 세영이의 표정이 의미심장하다.

"그래 봤자 금방 알아낼걸? 징계나 받을 게 뻔하지."

"야, 이세영. 너 연극부 맞어? 이 문제를 그냥 넘어가자는 거야?"

"누가 그냥 넘어가재? 다른 방법을 찾아보자는 거지."

"다른 방법?"

"이를 테면 수업 거부 같은 거."

"대박! 너, 해마 파업 중인 줄 알았더니 언제 재가동했냐?"

소문은 순식간에 일파만파 퍼졌고 원빈이가 아이들을 불러 모았다. 각 반에서 한 목소리 한다는 아이들이 주도해서 불을 끄고, 교실 문을 잠그는 것까지 일사분란하게 움직였다.

"엎드려. 일어나면 절대 안 된다."

수업종이 울리고 복도와 교실에 정적이 흘렀다. 이윽고 컴퓨터 선생이 교실 문을 두드렸다. 아이들은 키들거릴 뿐 꿈쩍도 하지 않았다. 이어 선생 몇이 부산스럽게 복도를 오갔다. 자이구루만 여유롭게 손가락으로 브이 자를 그려 보였다.

10분이 지나도록 복도는 괴이쩍은 고요에 휩싸였다. 아이들이 하나둘 고개를 들었다. 때맞추어 컴퓨터 선생이 교실 문을 탕탕 치면서, 당장 컴퓨터실로 안 오면 수행평가 0점이라고 쏘아 대고는 사라졌다. 원빈이가 주먹감자를 날리며 투덜댔다.

"인문계도 아니고 그깟 수행평가로 협박이시다?"

"우리가 어떻게 해도 학교는 달라지지 않아."

반장의 목소리가 미세하게 떨렸다.

"소용없으니 꿈도 꾸지 말라. 그게 문제라는 거 모르냐?"

원빈이가 되받아쳤다. 만년 행인1인데 이럴 때는 주인공이다.

"이렇게 심한 체벌을 하는 건 우리를 물로 본 거야. 부모들 입김 센 인문계였으면 이렇게 나왔겠냐?"

"물은 무슨, 졸로 본 거라니까. 그냥 두면 절대 안 되는 거임."

"어휴, 이세영! 제법인데?"

"이참에 교문 지도랑 야자 다 없애야 되는 거임."

"그렇지, 기회는 왔을 때 잡는 거야."

"갈 사람 가고 말 사람 말면 될 거 아냐. 왜 이래라저래라 해. 그것도 폭력이라는 거 몰라?"

주춤하던 아이들이 하나둘 반장 눈치를 보며 일어났다. 결국 연극부인 원빈이와 기범이, 세영이와 나만 남고 다들 컴퓨터실로 향했다.

"근데 타이밍이 좀 안 좋지 않냐? 안 그래도 진규랑 연주 키스 사건 때문에 우리 이미지 급추락했잖아."

"이미지? 언제 우리가 그깟 이미지에 죽고 살았냐? 게다가 공식적으로 해체시켰잖아."

기어이 학생 부장까지 출동이라, 드디어 올 것이 왔구나.

"루저스 이것들 순 양아치인 줄 알았더니 이제 보니까 빨갱이 새끼들이잖아. 그 선생에 그 새끼들 아니랄까 봐."

헐! 이제는 빨갱이 취급까지. 게다가 애먼 자이구루는 왜 끌어들이는 거냐고.

가만, 이 일로 또 자이구루에게 불똥 튀면 안 되는데. 얼마 전 자이구루와 학생 부장이 진규와 연주 키스 사건으로 급식실에서 멱살잡이를 했다. 뒷배 든든한 학생 부장한테 자이구루가 일방적으로 당했다는 것이 맞다. "키스 없이 세상에 나온 사람은 없는데 사회봉사는 좀 너무한 거 아닙니까?" 학생 부장의 염장을 지른 이 말은 언중의 무한 사랑을 받았다.

순간의 선택이 연극부의 운명을 좌우한다. 아니, 자이구루의 운명을 좌우한다. 내가 빠지면 적어도 연극부라고는 말 못하겠지. 눈 딱 감고 배신자 소리 한번 듣고 말자.

"야, 이지수! 너 어디가?"

원빈이의 애타는 목소리에도 나는 걸음에 속도를 냈다.

당황스러운 것은 컴퓨터실에서 보여 준 아이들의 태도였다. 수업이 시작되자 조금 전 일은 자신의 의지와 무관한 것이었다는 듯, 언제 그런 일이 있기나 했냐는 듯 깔깔거리기까지 했다.

다음 시간도, 그다음도 아무 일 없었다는 듯이 평화와 고요의 시간이 이어졌다. 취업도 진학 못지않게 성적순이니 특성화고라고 해서 성적이라는 권력을 피해 갈 수는 없다지만 그래도 이건 아니지 싶다.

종례를 대행하는 반장의 표정이 오묘하다. 그 애도 마음이 편치 않은 듯 오후 내내 말이 없었다.

"자이구루랑 담임이랑 붙었는데 자이구루가 그 애들이 한 건 아름다운 저항이지요, 그랬다던데? 아주 점잖게. 있잖아, 특유의 그 표정."

"그러니까 자이구루의 완승?"

예기치 못했던 자이구루의 승전보에 아이들이 손바닥을 마주치며 괴성을 질렀다.

원빈이가 눈을 찡긋하면서 반장의 어깨를 툭 치자 반장이 자이구루, 하며 두 손을 모았다. 나는 교실 문을 나설 때까지 원빈이와 눈을 맞추지 않으려고 애썼다.

"야, 이지수! 말 좀 하자."

얼떨결에 눈이 마주쳤는데 또 눈웃음이었다.

"다다다단번에 내 눈에 들었어 내가 찜꽁했어 햇볕 아래 사막 오아시스보다 눈에 띄었어……."

이제는 아예 노래까지 하면서 아부라니. 하여간 어떻게 생겨

먹은 애가 나에 관해서라면 절대 관용인가. 핸드폰에 나를 마눌님이라고 저장해 놓은 걸 눈감아 주는 것도 그 때문이다.
"오늘 연극부 단합이다!"
"빵 안 만들고?"
"빵이야 내일도 만들 수 있지만 오늘 기분은 내일 되면 사라지잖아."
나는 바쁘다고 핑계를 대고는 얼른 돌아섰다. 원빈이가 나를 부르는 소리가 들렸지만 돌아보지 않고 달렸다. 발등에 불, 수행평가 마감이 내일이다. 오늘은 기필코 소설이라도 써야 한다.
아빠 얼굴이라고는 아빠가 어린 나를 안고 있는 사진 몇 장을 본 게 고작이다. 아니, 생각나는 것이 있긴 하다. 여섯 살 때였나. 거실 안쪽의 계단을 올라가면 다락방이 있었다. 거기에 화구들이 가득했다. 캔버스 앞에 앉아서 무슨 생각에 잠겼던지 아빠는 내가 옆에 다가간 것도 알지 못했다. 남방에 얼룩진 물감이 그림 같았다. 아빠, 그림 그려? 내가 물었을 때 아빠는 고개를 저으며 나를 꼭 안아 주었다. 그게 아빠와의 마지막 기억이다. 아프리카에 갔다는데 편지 한 통 없는 건 말이 안 되었다. 엄마는 내가 어렸을 때 몇 통 왔다고 둘러대면서도 막상 보자고 하면 어디다 두었는지 모른다고 잡아뗐다. 가끔은 아빠가 존재하는지도 의문이었다. 때로는 간절히 그립기도 하지만 미운 마음이 앞서서 잊으려고 한 것도 사실이다.

밤새 자판을 두드렸건만 결국 지우고 말았다. 하필 첫 시간이 과학일 건 뭐람.

자이구루가 교실로 들어오더니 우리에게는 눈길도 주지 않고 창문을 향해 걸어갔다. 아이들은 눈치를 보며 교과서를 펼쳤다. 나도 수행평가 때문에 지레 찔렸다.

어제 자이구루가 완승했다는 건 헛소문인가?

교탁 앞으로 돌아와 분필을 드는 그의 표정이 여전히 무거웠다.

사실, 학년 초부터 그에게 특별한 감정을 가져왔다. 조류가 날 수 있는 것은 날개 외에도 뼈가 비어 있기 때문이라는 걸 알아맞혔을 때 그가 자이구루, 하면서 내 머리를 쓰다듬었다. 세례를 주는 신부 같은 몸짓이었다. 그때 개코급 나의 후각은 홀아비 냄새를 감추려고 뿌린 향수 냄새를 놓치지 않았다. 그 냄새를 찾기 위해 백화점을 몇 번이나 답사한 끝에 기어이 찾아냈다. 불가리! 알바비를 가불해서 산 향수를 그의 책상 위에 갖다 놓을 기회만 엿보고 있을 즈음 원빈이가 직격탄을 쏘았다. 자이구루 애인 있더라. 여자랑 팔짱 끼고 가는 거 봤어. 그게 나랑 무슨 상관이야? 근데 얼굴이 왜 사자에게 잡히기 직전의 톰슨 가젤이냐? 불가리를 환불해서 원빈이와 패밀리 레스토랑에 가는 것으로 그를 향한 연민에 종지부를 찍었다. 홀아비 냄새가 나에게 아빠를 불러왔다는 걸 알 리 없는 원빈이는 포식한 대가로 배탈이 났다. 그날 이후 며칠 나를 슬슬 피하더니 기어이 양심선언을 했다. 내가 자이구루에게 관심 있는 것 같아서 질투가 났다고. 과학 시간만 되면 머리 빗는 걸 보고 순간적으로 거짓말이 튀어나왔다는 거였다.

"너희는 꿈이 뭐냐?"

"샘, 얘 자요."

고리타분한 이야기는 사절이라는 듯 기범이의 목소리에 장난기가 배어 있다. 자이구루가 못들은 척 말을 이었다.

"꿈이 없는 사람이 더 많을 거다. 그게 정상이다. 그런데 꿈이란 건 말야……."

"샘, 얘 잔다니까요."

"깨워."

자이구루의 무심한 대꾸에 기범이도 질세라 원빈이의 모자를 들쳐 보였다. 각시탈을 모자에 받쳐 놓았다. 과연 원빈이다운 설정이었다. 아이들이 빵 터졌다. 기어이 자이구루도 웃음을 터뜨렸다.

"너, 그거 나한테 선물해라. 내 그동안 연극부에 살신성인한 거로 치면 이 정도는 손해나는 장사도 아니지. 그것도 작별 선물인데. 자이구루!"

작별? 이건 또 뭔가.

아이들의 눈이 휘둥그레지자 자이구루는 낚아챈 각시탈을 쓴 채 짐짓 딴전을 피웠다.

"나는 지금 무척 설렌다. 줄곧 안갯속을 헤매다 드디어 그걸 찾았거든. 그 옛날 과학 선생이 되려는 꿈이 생겼을 때처럼……."

때맞추어 스피커가 찌지직거리더니 교감의 목소리가 흘러나왔다. 땡중 염불 수준의 잔소리가 시작된다는 신호이다.

"그동안 특성화고를 그늘지게 만들었던 하위권, 실업계 등의 부정적인 인식은 대학 입시에 특별 전형이……. 진화하고 있는 특성화고의 주인공인 여러분들이 저녁이면……."

결론은 야자를 하라는 말이었다. 그거 하기 싫어서 이 학교 왔다는 걸 모르시나. 특성화고니까 취업을 강조하는 것은 이해할 수 있다. 고학력 청년 실업은 매스컴의 단골 메뉴이다. 하지만 특성화고 전형이 묻지 마 대학 진학 티켓을 제공하는 경우도 있다. 또 취업과 진학, 두 마리 토끼를 잡으려다가 한 마리도 못 잡는 수가 있는데. 뭘 몰라도 단단히 모르시는군. 말이 좋아 소질을 계발하고 꿈과 비전을 가진 인간으로 성장하는 데가 특성화고지 그런 건 인문계 쪽의 가능성이 훨씬 크다는 건 지나가는 개도 아는 사실이다.

　엄마는 수업료 면제라고 좋아할 때는 언제고 원서를 쓴 날 날라리들과 어울리면 인생 망친다며 눈물 콧물을 다 뺐다. 영락 없는 '지킬 앤 하이드' 버전이었다. 나는 용 꼬리보다 뱀 대가리 운운하며 엄마를 설득하면서도 별 생각이 없었다. 굳이 이유를 든다면 죽어라 책을 파는 건 내 스타일이 아니라는 것과 인문계에서 공부 잘하는 애들 들러리 서 주기는 싫다는 것 정도였다. 솔직히 바뀐 교복도 마음에 들었다. 그걸 입고 남자 친구를 사귀어 청춘의 낭만을 누리고 싶었다.

　그런데 나에게도 문제는 있다. 이도 저도 아니면 지금쯤은 관광과에 맞는 진로라도 정해야 하는데 그것도 아니다. 외국어 자격증을 따려고 1학년 때부터 방학을 모조리 반납한 외국어과 아이들이나 스펙을 쌓느라 학생회에 들어간 경영과 아이들을 비웃은 게 엊그제 같건만. 여름방학 전까지만 해도 나와 함께 패스트푸드점에서 아르바이트를 했던 세영이도 방과 후 바리스타 교실에 등록했다. 진규는 진로 전환의 결단을 내리고 연극영화과 진학을 목표로 배우 수업에 열중이었다. 자기가 필요할 때는 언제라도 불러 달라던 원빈이마저 2학기가 되자 '나님, 독립 만세'를 외치며 방과 후 제과제빵반에 들어갔다. 빵 만드는 재미에 푹 빠져 종례 끝나기가 바쁘게 실습실로 줄행랑을 쳤다. 이러다가 정말 낙동강 오리알 신세가 되는 건 아닌지 모르겠다. 소슬바람 불고 낙엽은 지는데 뒹굴뒹굴하다 잠들면 식은땀이나 뻘뻘 흘리는 악순환의 반복이다.

재수 옴 붙었다고 쉬는 시간 내내 투덜거리던 아이들은 수업 시간이 되자 하나같이 꿀 먹은 벙어리다. 회계와 수학의 공통점은 모두 외계어라는 것. 졸지 않는 아이들이 오히려 괴물에 가깝다. 수학은 그렇다 치고, 경영과도 아니고 관광과가 회계까지 배워야 할 이유는 뭔가. 관광에도 경영이 있고 경영에 회계는 기본이라니, 코에 걸어 코걸이가 아닌가.

"근데 오늘 자이구루 좀 이상하지 않았냐?"

"이상하긴, 기범이 각시탈이 탐나서 똥폼 잡은 거지."

자이구루에게 애인 있다고 거짓말했을 때처럼 원빈이는 내 눈을 똑바로 쳐다보지 못했다. 이럴 때 보면 조금 귀엽다.

핸드폰에 엄마 번호가 다섯 번이나 찍혀 있다.

오늘은 인터뷰를 해 주겠다는 건가?

기다리는 게 얼마나 속 타는 일인지 엄마도 알게 해 주어야 한다. 엄마 번호 대신 자이구루의 번호를 눌렀다. 전화를 받을 수가 없다는 멘트만 반복되었다. 곧이어 문자가 들어왔다. 자이구루인가 했는데 엄마다.

'딸, 밥은 먹었어?'

언제부터 나한테 이렇듯 관심이 많아지셨나? 남친한테 프러포즈라도 받으신 건가?

가만, 느낌이 이상하다. 사람이 갑자기 이상한 행동을 할 때는 뭔가 이유가 있다는 건데.

'밥 잘 챙겨 먹고 문 꼭 잠그고 자.'

드디어 외박까지? 엄마가 정말 이래도 되는 거야? 딸이 두 눈 시퍼렇게 뜨고 있는데.

음성 통화 버튼을 누른 것은 내 의지가 아니라 조금 전부터 부들부들 떨리기 시작한 내 손이었다. '등이 휠 것 같은 삶의 무게여, 가거라 사람아 세월을 따라 모두가 걸어가는 쓸쓸한 그 길로…….' 컬러링만 흘러나왔다. 나야말로 삶이 왜 이렇게 무거운가. 땅이 흔들리고 다리가 휘청거린다. 끝까지 전화를 안 받으면 어떡하지? 갑자기 몸의 중심이 앞으로 쏠려 넘어지려는 찰나, 컬러링이 멈추고 엄마 목소리가 튀어나왔다.

"딸!"

"어디야?"

"어디면, 올 거야?"

"어디냐니까?"

"그러니까 그게……."

엄마가 계단에서 넘어져 다리가 부러졌다는 것이다. 머릿속이 텅 비어 온다.

CT 필름 속 엄마 다리뼈에 뚫린 수십 개의 구멍은 블랙홀처럼 어두웠다. 그 어둠 속으로 무한정 빨려 들어가는 느낌, 한번 빨려 들어가면 다시 헤어나지 못할 것 같은 아득함. 그런데 이상하게 두렵지만은 않았다. 왠지 그곳에 내가 가 보지 못한 세상이 있을 것만 같았다. 아프리카도 거기 어디쯤일까.

"나, 정말 죽으면 새가 될까?"

"죽어서는 날더라도 살아서는 걸어 다녀야 할 거 아냐. 깁스나 풀고 얘기해."

"이제 보니 울 딸 많이 컸다. 몸매도 짱이고. 애들이 여신이라고 안 해?"

"그래, 멸치 여신."

"여신은 여신이네. 성형외과 견적 하위 5퍼센트, 그거 쉽지 않은 거다. 너 나한테 평생 고마워해야 하는 거 알지?"

"이제 좀 살 만하신가 보네."

"딸이 문병 왔잖아. 우리 인터뷰할까?"

됐다, 고 하는데도 엄마는 물러설 기미를 보이지 않았다.

"너 가졌을 때 유자가 먹고 싶다고 하면 어떻게든 사다가 대령하는 거야. 껍질도 벗겨서 내 입에 넣어 주고. 자상한 것까지는 좋았는데……. 넌 너한테만 잘해 주는 남자 만나야 돼. 알았지?"

"그런 거 말고 또 없어?"

"손은 또 얼마나 섬세했게. 수건 하나를 개켜도 달랐어. 뭐든 뚝딱 잘 만들었고. 가구 회사 다닐 때만 해도……."

"가구? 그럼 다락방에 있던 캔버스랑 물감은?"

"울 딸 기억력 하나 끝내준다. 그건……."

미술 대학에 다니던 삼촌이 군대에서 사고로 죽었는데 아빠는 삼촌의 죽음을 받아들이지 못했다고 했다. 사인을 알아내기 위해 뛰어다니느라 결국 다니던 회사도 접었다고. 어느 날 훌쩍 집을 떠나서는 오래도록 연락이 없었다는 것이다. 아빠 없는 집에서 할머니와 부대끼는 게 힘들어서 나를 데리고 외갓집으로 갔는데 돌아갈 기회를 놓쳤고, 그것이 결국 이혼으로 이어졌다고.

"그럼 아프리카는 뭐야?"

"'동물의 왕국' 팬이었거든."

"뭐? 지금 웃음이 나와?"

"그럼 울어? 가고 싶어 했으니까 갔으면 했지. 재혼한 거나 아프리카 간 거나 어차피 멀리 간 거니까 다를 것도 없지 뭐."

입에서 배신자 소리가 튀어나올 뻔했다. 아빠, 라는 이름만으로도 젖은 빨래처럼 되곤 했던 가슴이 한순간에 탈수된 것 같았다. 그러나 곧 이상할 정도의 평온이 찾아왔다. 미혹이나 착각, 거짓 희망을 제거한 본래의 상태. 이 순간을 위해 그토록 오래 아빠 소식을 기다려 온 걸까. 몇 시간 전까지만 해도 이런 일이 있을 거라고는 생각지도 못했는데. 세상은 알 수 없는 곳이다.

엄마도 이제 아빠한테서 자유로워져.

그런데 왜 콧잔등이 뜨거워지는 걸까. 어느 시인은 자유에는 피의 냄새가 섞여 있다고 했는데 자유에는 뜨거운 것이 섞여 있는 거 아닌가. 하긴 피도 뜨겁다. 어쨌거나 그렇게 안 써지던 부모님 전기문이 이제는 술술 써질 것 같다. 오늘은 이런 나에게 자이구루!

"드라마 보면 사람 죽을 때 유언은 하고 죽는데, 자이구루 너무하지 않냐? 우리 루저스하고 쫑파티는 해야지……."

"정말 학교 그만둔 거야?"

"그건 아니고, 휴직했대. 잠시 직업을 바꿨다나 봐."

"므훗! 그럼 수행평가 안 내도 되는 거야?"

"그건 메일로 제출하랬다는데?"

세영이의 호들갑에 원빈이가 쐐기를 박자 아이들이 덩달아 동요했다.

"지독하다, 정말! 잠자리는 죽어서도 날개를 접지 않는다고 하더니 꼰대들은 죽어서도 수행평가 수행평가 할 거야."

그야말로 동감이다. 하지만 자이구루를 볼 수 없다는 건 바라보기만 해도 든든하던 산 하나가 사라진 것과 같다.

"그나저나 자이구루도 없고 우리 루저스의 운명은 이제 어떻게 되는 거냐?"

"끈 떨어진 가방, 엄마 없는 하늘 아래지 뭐."

"우리도 곧 3학년인데 동아리보다는 각자 진로대로 갈 길을 가야지."

'각자'와 '진로'라는 단어가 너무 명쾌해서 오히려 가슴을 후벼 댄다. 아이들이 흩어지자 가슴에 구멍이 난 것처럼 시리다. 원빈이가 졸졸 따라와 주는 게 그나마 위안이 된다.

"자이구루가 너네 아빠라도 되냐? 인상 좀 펴라. 그리고 너 앞으로 멸치 대신 이거 먹어. 칼슘이 사과 열 배나 된대."

칼슘, 소리에 귀가 번뜩 뜨인다. 그런데 이거 어디서 많이 맡아 본 냄새다.

"설마 서방님이 유통기한 지난 걸 주겠냐? 쿵쿵거리기는."

"혹시 유자 들어간 거야?"

"누가 개코 아니랄까 봐. 이게 바로 유자마들렌이라는 거야. 나한테 제과제빵사 자격증을 안겨 줄 효자 품목!"

쌉싸래한 유자향이 솔솔, 쫄깃하게 씹히는 과육, 부드럽고 촉촉한……. 내가 찾던 그 맛이다. 이런 거라면 한번 만들어 보고 싶다. 가슴에 뭉글뭉글 괴어 오던 슬픔마저도 녹여 주고 있지 않은가. 게다가 골다공증의 특효약이라는 칼슘까지 듬뿍이라니. 혹 엄마가 바라는 자유의 맛도 이런 게 아닐까?

"자이구루!"

"너 정말 제과제빵반 안 갈 거야? 샘이 이번 대회에 너랑 나랑 한 조로 나가 보라던데. 환상의 복식조가 될 거 같지 않냐? 그러니까……."

일단 실습이라도 해 보라고, 기왕이면 진로 상담도 받아 보는 게 어떠냐고. 오늘따라 원빈이는 작정한 듯 집요했다.

"됐네요."

"두고 봐, 결국 하게 될걸? 글고 너 나랑 오늘 갈 데가 있어."

쌩, 하고 돌아서는데 원빈이가 일급 뉴스라며 자이구루를 들먹였다.

입구 분위기부터 일반 병원과는 다른 요양 병원. 조용한 것은 물론, 조명도 어둡고 퀴퀴한 냄새가 났다. 원빈이와 나는 발소리를 죽였다. 일렬로 늘어선 방마다 모두 누워 있는 환자들뿐이었다.

"야, 저기!"

초록색 앞치마를 두르고 환자의 침대에 걸터앉은 뒷모습의 실루엣이 낯익었다. 너무 반가워서 하마터면 자이구루를 소리쳐 부를 뻔했다. 원빈이가 쉿, 하고 주의를 주었다.

"동생, 나 아들한테 데려다 줘."

"아들 여기 있잖아요."

"내가 돈 줄게. 그러니까 나 좀……."

"제가 아들이에요. 어머니, 제가…….""

동문서답의 연속이었다. 자이구루의 표정은 소년 같아서 오히려 간곡해 보였다. 대붕의 깊은 뜻 어쩌고 하면서 부모님 전기문을 써 오라더니…….

나는 차마 병실로 들어서지 못하고 원빈이의 옆구리를 찔러 병원을 나왔다.

"너도 엄마한테 잘해라. 자이구루!"

"너나 잘하세요."

"그건 그렇고 아까 하던 얘기 계속할까? 그러니까 뭐냐, 중요한 건 빵 만들고부터 내가 달라지는 걸 느낀다는 거야."

"그래, 유들유들해진 거 아는구나? 버터 냄새도 나고."

"농담 아냐. 요즘 내 기분이 어떤지 아냐?"

"어떠신데요?"

"전이나 지금이나 행인1인 건 마찬가진데 누가 시켜서 하는 행인1이 아니라 내가 하고 싶어서 하는 행인1인 거. 남의 옷만 빌려 입다가 드디어 내 옷을 입은 느낌 말야."

쉬운 말을 그렇게 어렵게 하면 기분이 좋냐?

"워워!"

"네가 제과제빵반에 들어오기만 하면, 내가 반죽에 설거지, 뭐든 다 해 줄게."

어라, 은근슬쩍 손까지 잡으려고? 어림없지.

"야!"

나무에서 막 떨어져 나온 은행잎이 원빈이의 어깨 위에 내려 앉는다. 원빈이의 얼굴이 단풍잎이다.

"메마른 내 마음을 축여 줄 단비 같은 그대여 매력 있어 내가 반하겠어……."

음정 박자 무시, 또 시작이다. 멋쩍어서 그러는 건 알겠지만 이걸 언제까지 들어 주어야 하나.

"리허설 먼저 해 보고 괜찮으면 생각해 볼게."

"리허설?"

"우리 집에 방황하는 유자가 좀 있거든."

원빈이가 재료 콜, 을 외치며 마트로 향했다. 재료는 물론, 집기 하나도 중요하다며 제빵 이론에 침을 튀기는데 입은 계속 귀에 걸려 있다. 처갓집 첫 방문인데 빈손으로 갈 수는 없다면서 꽃다발까지 안기는 데는 나도 꼼짝없이 웃음이 나왔다.

 "내가 체 칠 테니까 너는 오븐 데워. 냉장고에서 달걀도 좀 꺼내고. 참, 버터도 갈색이 나게 살짝 태워서 식히고…….."
 얼씨구! 아예 조수로 부리려고 드네. 좋아, 어디 두고 보자고.
 볼에 달걀을 풀고 유자를 갈아 설탕과 섞는 것은 원빈이가, 거기에 체 친 가루를 넣고 주걱으로 섞는 것은 내가 했다. 팬에 버터를 바르고 밀가루를 뿌려 톡톡 털어낸 후 반죽을 팬닝하는 것은 교대로. 모든 지시는 원빈이가 하고 내가 따라 주는 식인데도 어찌된 일인지 손발이 척척 맞았다.
 "오븐의 온도는 170도, 굽는 시간은 10분 30초…….."
 굽는 시간이 원래는 10분인데 사랑의 온도가 30초 필요하다나. 그러면서 또 눈을 찡긋했다. 내가 눈을 흘겼더니 얼른 꼬리를 내리고 난장판이 된 주방을 치우기 시작했다. 노래까지 흥얼거리면서.
 "찜꽁했어 찜꽁했어…….."
 오븐에서 고소한 냄새가 새어 나오자, 입에 침이 고였다. 잠간 사이에 온 집 안에 냄새가 배고, 드디어 오븐을 여는 일만 남았다.

"짜잔!"

그런데 이건 뭔가? 구름 위에 떠 있는 느낌, 하늘을 나는 것도 같고. 잡힐 듯 잡힐 듯 아련한 그 무엇. 이 낯선 뜨거움의 정체는? 아니, 야릇한 존재감은 어디서 오는 것인가.

연극이 파도 같은 그리움이라면 이건 투명한 밧줄 같다고 해야 하나. 자이구루도 과학 선생이라는 꿈이 생겼을 때 그랬다고 했는데, 드디어 나에게도 꿈이 생긴 걸까?

:: 작가의 말

　꿈이 뭐냐고 물으면 대답을 하지 못하는 아이들이 대다수입니다. 묻는 저나 물음을 받은 아이들이나 막막하기는 마찬가지입니다. 꿈이 많아서이기도 하고 아직 없어서이기도 합니다. 그런 아이들에게 그리운 게 뭐냐고 묻습니다. 거기서부터 꿈이 시작된다고, 길이 거기에 있다고.
　저 역시 어린 시절 막연하게 소설을 읽거나, 어딘가를 떠돌며 노래를 부를 때면 가슴이 동동 뛰었습니다. 그것은 그리움이었습니다. 소설가와 떠돌이 가수, 둘 사이는 먼 듯 가깝습니다. 소설가는 엉덩이가 무거워야 하고 떠돌이 가수는 엉덩이가 가벼워야 하는데, 둘 다 거기에 미치지 않으면 할 수 없는 것이니까요.
　어찌된 일인지 지금은 소설을 쓰면서 아이들과 부대끼며 살고 있습니다. 제 안의 소설과 아이들이 만나 서로 물들고 터지는 숨이며 빛, 참 찬란합니다.
　소설 속의 '지수'도 그리움을 안고 삽니다. 아빠에 대한, 또 연극에 대한, 또 다른 그 무엇에 대한. 그런 지수가 '유자마들렌'을 만들 거라고 합니다. 지수가 만든 '유자마들렌'을 먹어 보고 싶군요. 거기에 그런 것들이 녹아 있을 테니까요. 쌉싸래하면서도 부드럽고 촉촉한, 가슴에 뭉글뭉글 괴어 오는 슬픔마저도 녹여 주는.
　먼 미래에 지수가 무엇을 하면서 살아갈지는 모르지만 오늘의 숨과 기억이

지수를 만들어 갈 거라 믿습니다.

꿈이 있어 방황하고 혹은, 꿈이 없어 방황도 없는 아이들에게 이 소설이 위로가 되었으면 합니다. 아울러 그 아이들이 삶의 그늘을 직시하고 그 그늘을 자기 안으로 받아들이기를, 그로써 새로운 인생 각본을 써 나가기를 바랍니다.

이 소설은 우리 학교 연극부 동아리 '루저스'와 함께 썼습니다. 저마다 깊은 그리움을 안고, 그러나 씩씩하게 살아가는 아이들입니다. 생생한 언어와 이름을 선뜻 빌려주면서 기뻐해 준 아이들과 그것을 친구들에게 양보해 준 너머의 모두에게 고마움을 전합니다.

지난해 깊은 가을, 곽재구 선생님께 '자이구루'에 대해 들었습니다. '너의 스승에게 경배를!'이라는 뜻의 인도 말인데 '너 참 괜찮은 사람이야.'라고 할 때 쓰는 말이라고 합니다. 그 순간 이 소설이 저에게로 왔습니다.

이 소설을 읽는 당신들께도 자이구루!

김혜정

여수에서 태어나 1996년 문화일보 신춘문예에 단편 〈비디오가게 남자〉 당선으로 작품 활동을 시작했으며, 창작집 《복어가 배를 부풀리는 까닭은》, 《바람의 집》, 《수상한 이웃》 장편 소설 《달의 문(門)》, 《독립 명랑 소녀》가 있다. 제15회 서라벌문학상 신인상과 2010 간행물윤리위원회 우수청소년저작상, 2012 송순문학상 우수상, 2013년 아르코창작기금을 수상했다. 현재 경기국제통상고에 재직 중이다.

반소희

팩트와 판타지

 4교시를 마치는 벨이 울리자마자 급식을 포기하고 컴퓨터실로 달렸다. 만화 작업을 하려면 그나마 조용한 벽 쪽 끝 구석자리를 사수하는 것이 필수다. 이미 세 명이 와 있었지만 다행히 내 지정석은 비어 있다.
 원고지를 내려놓고 타블렛을 컴퓨터에 연결해 오늘 새벽에 작업한 파일을 불러냈다. 며칠째 이야기가 풀리지 않아 우선 끝난 콘티 앞부분을 스캔받은 것이다. 컷 채색을 하는데 다시 장르가 걱정됐다. 학원 액션물로 설정해 이야기를 만들었는데 어째 후반으로 갈수록 스릴러물에 가까워지고 있다. 뭐, 학원 스릴러물로 가도 상관은 없지만 액션, 화끈한 액션이 너무 없다.

브러시 크기를 조절하며 톤을 맞추는데 계속 공모 마감일이 떠올라 초조하다. 다행히 얼마 전 공동 구매로 산 태블릿이 터치링 기능도 좋고 펜도 정교해서 앞에 쓰던 것에 비하면 작업 속도도 훨씬 빨라졌다. 단지 조금 아쉬운 건 펜에 끼워서 쓰는 심이 너무 빨리 닳는다는 거다. 처음 태블릿 박스를 열었을 때 여분 심이 30개나 덤으로 들어 있어 대박 좋아했는데 이유가 있었다. 상술이라고는 하지만 세상엔 순수한 공짜도 많은데 늘 내 인생은 이렇게 얄짤없다.

넋 놓고 채색을 하다 보면 시간이 초 단위가 아니라 분 단위로 뭉텅뭉텅 사라져 버린다. 한숨 돌리려 시계를 보니 점심시간이 끝나 가고 있다. 서둘러 물건을 챙겨 교실로 돌아왔다. 오후 수업 시작하기 전 10분은 아이디어를 얻기 위한 관찰 시간이다. 내 판타지가 시작되는 때이기도 하다. 오늘은 쓸 만한 액션을 딸 수 있을까?

운동장 쪽에서 환호성이 터졌다. 열린 유리창 너머 누군가 또 골을 넣은 모양이다. 점심시간이면 몇몇의 남학생들이 들이붓다시피 위장에 음식을 우겨 넣고, 쫓기듯이 운동장으로 달려가 미친 듯 공을 찬다. 그러고는 끈적끈적 더러워진 옷에 후끈하게 쏟아 낸 역한 땀 냄새를 풍기며 돌아온다. 그 모습이 꼭 축구 바

팩트와 판타지 · 71

이러스에 감염된 몬스터들 같다.

"야, 거기 창문 좀 닫아 줄래? 너무 시끄러워."

누군가 소리쳤다. 짝은 투덜거리며 일어나 거칠게 창문을 닫는다. 자기가 떠든 것도 아닌데 창가 자리라는 이유만으로 시비조인 말투를 들은 것에 기분이 상한 거다. 2학기 중간고사를 앞두고 몇몇은 지나치게 신경이 뾰족하다. 나는 혹시나 짝이 자기 기분을 알아주길 강요할까 봐 얼른 원고지에 매달렸다. 나만의 안전한 유리벽을 치는 것이다.

몬스터들이 교실로 쏟아져 들어온다. 묘하게 느낌이 온다. 히죽히죽 웃는 것이 뭔가 필살기를 준비한 모양이다. 그들의 행렬 뒤, 마지막으로 내 이야기의 히어로이자 몬스터들의 대왕 골리앗이 들어온다. 벼린 발톱을 감춘 사자가 낮은 자세로 슬금슬금 기어 오듯, 언제 사냥감을 향해 덮칠지 모를 긴장감이 몬스터들 사이에 감돌았다.

일촉즉발. 목표는 언제나처럼 구미호다. 골리앗의 시선은 교실을 들어오는 순간부터 구미호에게 고정되어 있었다. 구미호는 아직 아무 냄새도 맡지 못한 눈치다. 무얼 찾는지 커다란 폴딩 펜슬 케이스를 계속 뒤적거리고 있다. 그 옆으로 미끄러지듯 골리앗이 다가가고 있다. 뭔가를 감춘 듯, 뒷짐 진 오른팔이 키득거리듯 흔들리고 있다.

마음속으로 내 배우를 향해 신이 나 소리쳤다.

'액션!'

그 순간 골리앗은 부하 몬스터들을 향해 씩 웃는다. 그것이 신호인 양 모두가 음소거 화면으로 은밀한 웃음을 주고받는다. 경고음이 울렸다. 이건 분명 강도가 높다. 구미호에게 위험 신호를 보내려면 지금이 마지막 찬스다.

'어떻게 하지? 설마 진짜 큰 문제가 생기는 건 아니겠지?'

짧은 순간, 별일 아닐 거란 생각과 경고를 해 줘야 한다는 생각이 팽팽하게 맞섰다. 하지만 내가 왜? 이런 순간을 얼마나 기다리고 있었던가. 잠깐의 침묵으로 며칠 동안 막혀 있던 작업에 활기를 불어넣을 수만 있다면 난 언제라도 침묵하겠다.

2B 연필 잡은 손을 빠르게 놀리면서 일어날 어떤 순간을 예의 주시했다.

골리앗은 이제 구미호의 등 뒤에 서 있다. 구미호는 찾는 것을 포기한 건지, 아니면 찾던 것이 저것이었는지 멀티펜을 만지작거리고 있다. 골리앗은 바로 뒤에 서서 구미호의 뒷덜미로 천천히 손을 뻗었다. 속도는 느리지만, 먼 하늘에서 매끄럽게 먹구름이 번져 오듯, 야금야금 공간을 치고 들어간다. 이윽고 그 손은 구미호의 교복 목깃 앞에서 잠깐 멈추는가 싶더니 다음 동

작은 순식간에 일어났다. 목깃을 잡아당겨 오른손에 쥐고 있던 뭔가를 구미호의 등 안으로 집어넣음과 동시에 골리앗이 울부짖었다.

"송충이다!"

골리앗의 달아나는 속도만큼이나 빠르게 구미호가 반응했다.

"으악!"

비명을 지르며 일어나 교복 상의 뒤쪽을 엄지와 집게손가락으로 잡고 마구 털어 댄다.

정말 송충일까? 마른침을 삼켰다. 이 한 컷에 지나치게 집중한 탓인지 정말 가슴이 두근거린다.

구미호 상의 속에서 두 개의 초록색 물체가 바닥으로 떨어진다. 그것은……. 엉? 강아지풀?

'컷! 엔지, 엔지! 이 멍청아, 이런 신에선 타란툴라나 죽은 쥐 정도는 넣어 줘야지!'

으이그! 덩치에 어울리지 않게 골리앗이란 놈이 기껏 강아지풀 두 개로 호들갑이냐! 신 나게 휘갈기던 연필을 원고지에 내려놓았다. 오늘은 뭔가 터지나 싶어 감정이입 확실하게 들어갔는데 역시나 헛방이다. 조금 전까지는 나름 액션 스릴러로 착착 흘러가고 있었는데 강아지풀에서 와장창 깨졌다. 아니, 송충이에서 이미 깨진 거다. 그에 비하면 미호의 연기력은 신스틸러

감이다.

  몇몇이 시끄럽다고 투덜거리고, 구미호도 그제야 또 속았다는 걸 알았는지 주위를 잠시 두리번거리다 변변히 화도 못 내고 다시 자리에 앉는다. 골리앗과 몬스터들은 뒷문 옆자리에 한 뭉텅이로 앉아 낄낄거리고 있다.

  '유치한 놈들, 좋단다.'

  절로 한숨이 나온다. 골리앗 자식, 덩치도 크고 우리 학교 연예인이라고 할 정도로 인기도 많은 녀석이 관심 있는 여자애한테 하는 짓은 초딩이다. 제 딴에는 늘 딴청이지만 몇 주 관찰한 결과 구미호를 좋아하고 있을 확률 99퍼센트다. 구미호야 당연히 모를 거다. 하긴, 얼굴만 예뻤지 눈치도 없고 저렇게 어리바리하니 늘 몬스터들 먹잇감이 되는 거지. 구미호라는 별명이 아까울 정도다. 골리앗도 하필 저런 둔녀를 좋아하다니 심장이 팍팍 썩을 거다.

  나 외에도 눈치 빠른 애들은 분명 알아챘을 거다. 내 짝도 어느 정도 눈치챈 모양인데 모두 입을 다물고 있다. 일종의 견제라고 할까, 질투라고 할까? 한마디로 남 도움 될 만한 것은 절대 말해 주지 않는 게 아이들 룰이다. 골리앗이 누군가와 사귀기라도 하면 언제든 훼방 놓을 준비가 되어 있는 추종자들은 여기저기 널렸다. 어쩌면 구미호를 왕따시킬지도 모른다. 그럼 구미호는 자신이 왕따였다는 걸 졸업하기 전에 눈치챌 수 있을까?

짝이 내 팔꿈치를 툭 친다.

"야, 외계인! 남자애들 장난칠 거 알면서 왜 아무 말도 안 해 줬어? 너 아까부터 구미호 보고 있었잖아. 만날 당하는 거 불쌍하지도 않냐?"

언제부터 본 걸까. 내 섬세한 유리벽이 찌잉 울렸다. 구미호와 골리앗에 집중하느라 바로 옆에서 짝이 쳐다보는 것도 몰랐다. 아니지, 골리앗이 들어오는 걸 보다가 골리앗을 보고 있는 나를 발견한 건지도 모르지. 혹시 짝도 숨겨진 추종자? 의심 가는 건 살짝 찔러 보면 된다.

"구미호가 불쌍해 보이는 거야? 아님 부러워 보이는 거야?"

"뭐래?"

분명 당황한 것 같은데 재미없게 은근슬쩍 넘어간다. 이럴 땐 순발력 좋은 것들이 싫다.

"그나마 이런 쇼 타임이라도 있어야 학교 오는 맛이 나지. 그러는 넌? 그렇게 걱정되면 네가 말해 주지 그랬냐?"

"베프도 가만있는데 내가 왜? 그리고 너, 뭔가 살짝 실망한 눈치다. 아까 뭘 기대한 거야?"

짝의 베프란 말이 계속 걸린다.

"송충이보단 거머리? 아님 좀 더 호러블한 거?"

"그럴 줄 알았다. 역시 넌 사악해!"

구미호와 내가 친해 보이는 걸까? 반 애들 대부분이 우리가 베스트 프렌드라고 말한다. 그냥 취업반이 우리 둘뿐이라 야간 자율 학습 전에 같이 하교하는 거다. 뭐, 어쩌다 같이 밥을 몇 번 먹은 적도 있다. 그렇다고 베스트 프렌드라니 지나친 비약이다. 우리 반의 두 섬인 미호와 나를 하나로 묶어 특별하지 않게 여기려는 애들 심리는 어느 정도 알겠지만 저들이 원하는 대로 움직여 줄 생각은 전혀 없다.

물론 구미호가 싫지는 않다. 미호라는 이름 덕분에 구미호란 별명이 붙긴 했지만 순진하고 착한 애다. 하지만 난 이 유치하고 말도 안 통하는 학교에서 친구 같은 건 만들고 싶지 않다. 혼자만의 판타지에 있을 때가 더 즐겁고 생산적이다. 애들과는 튀지 않게 적당히 맞춰 주고 적당한 거리를 유지하는 것이 딱 좋다. 엉겨 붙는 타입은 딱 질색이다.

5교시 시작을 알리는 벨이 울렸다. 다음 시간은 사회. 현재 내 본업인 만화 작업에 충실할 수 있는 시간이다. 마침 뒷자리고, 내 앞은 범생이가 허리 꼿꼿하게 세우고 수업을 들으니 작업하기 더없이 좋은 환경이다. 좀 전에 급하게 그린 컷을 수정하면서 중반부 이후의 방향에 대해 고민했다.

"이 자식들, 안 일어나?"

사회의 고함 소리에 놀라 만화용 원고지 파란 칸 밖으로 선이 엇나갔다. 아, 또 시작이다. 책상에 엎드려 자던 몇몇이 부스스 일어난다. 이런 장면을 제일 뒷자리에서 보면 좀비물의 한 장면이 연상돼 가끔 섬뜩하다. 하긴, 취업이 싫어 진학반에 있으면서 공부도 싫고, 꿈도 없고, 공부하는 척도 하기 싫은 것들은 좀비나 마찬가지다.

"밤에 쳐 안 자고 집에서 다들 뭐 하는 거야?"

좀비 몇몇이 각성한다. 이건 좀 곤란하다. 좀비는 낮 시간엔 계속 잠들어 있거나 엎어져 있어야 내가 생각하기도 좋고 공부하는 애들도 공부에 집중할 수 있다. 딴짓하면서 떠들어 봐야 수업 분위기만 망치니 사회한테도 이로울 게 하나 없다. 그런데 꼭 이렇게 몇 번씩 깨워 민폐 상황을 재생산하는 것은 행패나 마찬가지다. 어차피 성적 좋은 애들만 사람이고 나머지는 다 쓰레기 취급이면서 어설픈 열혈 교사 놀이는 계속하려는 사회한테 이제 염증이 난다. 차라리 공부하는 놈만 데리고 간다는 수학이 더 선생답고 인간적이다.

잘못 그어진 선을 지우고 원고지 위에 노트와 사회 교과서를 폈다. 이제까지 아이디어 작업은 할 만큼 했다. 집에 있는 것만으로도 단행본 세 권은 족히 만들 분량이다. 각기 다른 아이디어를 쭉 늘어놓고 하나의 이야기로 엮는 것도 이제 그만뒀다. 중학교 때까진 그런 방식으로도 주변 학교에서 만화 제일 잘 그리는 아이로 통했지만 상황이 달라졌다. 주변 고등학교와 만화 동아리 연합엔 프로 작가 뺨치는 애들이 수두룩하다. 결국 차별화된 캐릭터와 탄탄한 서사로 승부를 걸지 않으면 아무리 아이디어가 좋고 그림체 퀄리티가 높아도 그냥 허접이다.

사유의 부족. 내가 안고 있는 가장 큰 문제다. 작품을 통해 전달하고 싶은 메시지는 많은데, 그걸 이야기에 잘 녹이지 못하겠다. 처음엔 내 만화를 읽어 내지 못한다고 애들 이해력을 탓했지만 공모 마감이 다가올수록 허점이 보이기 시작했다. 내게서 현재 만화마저 사라진다면 저 좀비들이랑 다를 게 없다는 게 좀 두렵다.

사회의 잔소리를 한 귀로 흘리며 무릎 위에 엎어 놓았던 홍세화의 《생각의 좌표》를 다시 펼쳤다. 솔직히 내용을 완전히 이해할 순 없지만 이런 책을 읽는 내가 좋다. 이것만으로도 교과서만 파는 애들한테 '너하고 난 다르다'는 선 긋기를 어필할 수 있다.

"자기 자신과 싸우기보다 남과 경쟁하는 데 익숙해진 우리에게 비교라는 단어는 오로지 남과 견준다는 의미일 뿐이다. 그것이 대학 간판이든 소유물이든 남과 가진 것으로만 비교할 뿐,

어제의 나보다 더 성숙된 오늘의 나, 오늘의 관계보다 더 성숙된 내일의 관계를 비교하지 않는다."

몇 번을 읽어도 멋진 말이다. 문제는 그렇게 살다가는 망한다는 거다. 글귀처럼 남과 비교하는 것에 익숙해져 버려서인지 남과의 싸움을 통해 나 자신을 성장시키는 것밖에 떠오르지 않는다. 나보다 잘 그리는 사람은 다 이겨야 할 적이다. 그걸로 진정한 성숙을 이룰 수 없다고 해도 어쩔 수 없다. 지금 내 최종 목표는 '스스로 잘나서 자신감 넘치는 재수 없는 캐릭터'가 되는 것. 그래서 가끔 재수 없을 정도로 까칠하게 군다고 애들이 내 별명에 '사악한'을 붙인 것도 좋다. 내 입으로 스스로 잘났다고 말할 수 있을 정도로 더 잘나기만 하면 된다.

"거기 뒤! 밑에 숨겨 둔 거 가지고 나와!"

짝이 내 허벅지를 툭툭 쳤다.

"너, 걸렸어."

무슨 말인가 싶어 고개를 들었더니 범생이가 뒤돌아 나를 보고 있다. 아차, 싶어 앞을 보니 사회와 눈이 마주쳤다.

"그래, 너! 그거 가지고 나와."

이런 젠장. 나는 미적거리며 책을 들고 일어났다. 무슨 대단한 구경거리라고 사회의 고함 소리에도 딴짓이던 좀비들이 우르르 뒤돌아본다. 좀비님들은 계속 잠이나 퍼 주무세요, 하고 퉁을 주고 싶지만 그럴 처지가 아니다.

사회는 뭐가 그렇게 급한지 내가 교탁 앞으로 다 가기도 전에 성큼성큼 다가와 들고 있던 책을 확 채 간다.

"《생각의 좌표》? 지랄한다. 학생이 공부 외에 무슨 생각이 더 필요해?"

사회는 한심하다는 표정을 지으며 책으로 내 머리를 툭툭 치며 비아냥거린다. 그 자극에 내 보호막 유리벽에 금이 쩍 간다.

이럴 땐 체벌 금지를 악용하는 선생들 때문에 더 짜증 난다. 차라리 손바닥을 맞는 게 낫다. 손가락이나 물건으로 머리를 툭툭 건드리는 게 얼마나 자존심 긁는 일인지 사회도 알 거다. 어쩌면 그래서 더 그러는지도 모르겠다. 어른들은 더 수치심을 느끼게 하는 행동이나 말로 애들을 자극한다. 그래서 더 두터운 유리벽을 만들게 한다.

"시험도 며칠 안 남았는데 수업 시간에 이딴 책이나 보고 있는 놈이 좌표를 알려 준다고 알 수나 있겠냐? 너 같은 놈들이 꼭 시건방 떨다 망하지. 결국 남 뒤치다꺼리나 하다가 인생 종 치는 거야, 알겠어?"

정수리에서 시작된 금은 멈출 생각도 않고, 오히려 가속을 붙이며 사방으로 갈라지면서 쩍쩍 요란한 소리를 낸다. 와장창 깨지기 전에 멈춰야 한다. 이럴 땐 어른들이 생각하는 내 약점을 유리하게 이용해야 한다. 스킬이 필요한 부분이다. 최대한 정중하게, 조금은 억울해 보이는 듯하면서도 의기소침해진 모습으로!

"저, 취업반인데요. 공모 마감이 얼마 안 남아서요."

마지막 말에 "죄송합니다"를 덧붙이면 더 유리하겠지만 죽어도 그러긴 싫다. 반성한다는 건 지금 내가 하고 있는 일을 부정하는 짓이다.

사회가 멈칫한다. 분명 다른 명분을 찾는 눈치다.

"취업반은 학생 아냐? 꼴 보기 싫으니까 들어가!"

그래, 이럴 줄 알았다. 네가 그렇게 투명인간 취급하는 취업반이라는데 어쩌겠어. 내 소중한 것을 약점 취급하는 것들에겐 언제든 그 약점을 무기로 휘두를 수밖에 없다. 이가 득득 갈린다.

그래 결정했다. 중반부부터 학교가 휘두르는 폭력에 모든 의지를 잃고 차츰 좀비로 변하는 아이들, 후반부에 좀비들이 각성하면서 응징에 나서는 액션 호러로 가는 거다. 스릴러에서 호러로 가는 것쯤이야 지금까지 짠 콘티에서 몇 컷만 잘 수정하면 어려울 것도 없다. 사회! 넌 가장 더럽고, 지질하고, 볼품없는 캐릭터로 결국 전교생에게 외면당해 비참하게 학교를 떠나는 거다. 해골같이 마른 얼굴에 배만 불뚝 나오고, 번데기 입술 옆에 아니 딸기코 옆에 커다란 점을 찍어 주지. 덤으로 긴 털도 하나 심어 주겠어. 한마디로 몸만 쓸 줄 알지 생각이라고는 없는 캐릭터지. 분노는 내 창작 혼을 활활 태운다.

하지만 이런 이야기가 세상에 쌔고 쌨다는 게 비극이다. 내 딴에는 특별한 순간과 공명했다고 좋아라 했는데 알고 보니 지구인 절반이 공명하고 있었다는 걸 알았을 때의 좌절감. 꼭 내 소중한 것을 도둑맞은 기분이다. 무조건 새로운 것이 떠올랐을 때 먼저 쓰는 사람이 땡잡는 거다.

마지막 8교시가 끝나고 담임 호출이 왔다. 치졸의 끝을 보는 사회가 그냥 넘어갔을 리 없다. 이런 순간이 닥칠 때마다 겉으론 대범한 척 굴지만 속으론 숨이 턱턱 막힌다. 콘티 하나 완성하는 것만으로도 머리가 복잡한데 여기저기서 태클이다. 1층 교무실로 내려가는 동안 숨을 고르기 위해서 판타지로 들어섰다.

복도에서는 엑스트라들이 박진감 넘치는 액션을 선보이고 있다. 밀대 부대가 빗자루 부대의 뒤를 바짝 쫓는 추격전이 한창이다. 물통의 물방울이 포탄처럼 여기저기서 튀어 오르고 절벽을 기어오르는 창문 부대가 지나가는 나를 흘깃거리며 염탐한다. 각자 사연이 있는 청소 땡땡이 도망자들을 쫓는 추노꾼들이 여기저기 불쑥 튀어나와 충돌 사고가 나고, 사방에서 전투의

고함과 비명이 난무한다.

아, 이런 과잉 액션은 정신만 어지럽다.

'컷! 컷!'

아무리 외쳐도 내 말을 알아듣는 사람이 없다. 소통 불능의 학교. 내 모국어는 저들에겐 외계어일 뿐이다. 모든 역경은 스스로의 힘으로 딛고 일어서야 한다. 숱한 전투를 치른 전사답게 모든 상황을 아슬아슬하게 피하며 무사히 교무실 앞에 도착했을 때 나는 이미 지쳐 버렸다.

담임은 아니나 다를까 《생각의 좌표》를 내밀었다. 전의를 상실한 군인에게 적장은 너그러운 법이다.

"시험 기간에는 좀 자제하자. 취업반이라도 평균 75점은 유지하기로 어머니하고도 약속했잖아. 지금이라도 진학반 다시 생각해 보는 건 어때?"

2학기 들어 취업반과 진학반으로 나뉘면서부터 아이들은 딱 세 부류로 갈렸다. 공부하는 애와 노는 애, 그리고 취업반. 만화를 두고 중3 내내 엄마랑 싸워서 얻은 성취가 취업반이라는 게 뭔가 좀 허무하긴 하다.

"시험이랑 공모전 둘 다 신경 쓰다간 둘 다 망할 거 같아서요."

담임은 입을 긴 일자로 다물며 팔자 주름을 더 도드라지게 만드는 그 특유의 표정을 짓는다. 잔소리를 하고 싶지만 억지로 참고 있다는 표시다. 숨을 한 번 고르고 다시 착한 담임의 표정으로 돌아온다.

"그래, 잘돼 가니? 상위권 입상만 하면 수시로 갈 수 있는 대학도 있어. 넌 성적도 나쁘지 않고……. 아직 완전히 대학 포기한 거 아니지?"

이럴 때 보면 담임은 스팸 전화 안내원 같다. 실적을 위해서 구매자가 사기 싫다는 내색을 해도 밑도 끝도 없이 혼자서 대학 강매만 줄줄 읊는다. 구매자가 적극적으로 방어하거나 전화를 끊어야만 상황이 종료된다.

"엄마도 대학 안 간다는 것에 동의했어요."

타당한 근거가 없으면 무조건 대학을 강요하는 어른들 때문에 공모전 입상이 꼭 필요하다. 이젠 자존심 싸움이다.

"아……. 그래?"

나는 견고하게 버티며 묵묵히 다음 말을 기다렸다.

"친구들하고는 특별한 문제 없니? 설문지 친구 란에 아무도 안 적었던데……. 혹시 왕따당하거나 그런 건 아니지?"

왕따라는 건 왕따가 두려운 아이한테나 문제가 되는 거다. 난 혼자여서 좋다.

"아뇨! 특별한 문제 없어요."

팩트와 판타지 · 85

"그래도 학교 즐겁게 다니려면 교우 관계가 좋아야 해. 적어도 친한 친구 몇 명은 있는 게 좋지 않겠니?"

"친구는 자연스럽게 생기는 거지 억지로 만들려고 해서 만들어지는 건 아니잖아요. 전 지금도 좋아요."

담임도 지쳤는지 결국 한숨처럼 가 봐, 하고 토해 낸다.

어른들은 소외당하는 애들에겐 눈을 감으면서도 스스로 혼자인 아이에겐 관심이 많다. 혼자라는 걸 겁내지 않는 것엔 뭔가 불순한 영혼이라도 깃든 것처럼 끊임없이 간섭하고 경계한다. 그것이 애정에서 나오는 것이 아니라 순간의 호기심일 뿐이라는 걸 난 중학생 때 이미 깨달았다.

교실로 들어서자 기다렸다는 듯이 구미호가 내 자리로 뛰어온다.

"집에 가는 길에 밥 같이 안 먹을래? 내가 살게!"

"오늘 목요일인데 밥 먹고 가게?"

구미호는 컴퓨터 학원에 가는 월, 수, 금엔 시간이 빠듯해 밖에서 저녁을 때운다. 대신 학원 수업이 없는 화, 목엔 학교가 끝나기 무섭게 집으로 직행하는 애다.

"이번 달, 엄마 오시는 주라서……."

"아!"

짝은 내 아, 라는 감탄사에서 많은 상황을 유추하는 표정이다. 그러다 씩 웃는 표정이 꼭 '거 봐, 우리 모르는 이야기도 공유하고, 너희 베프 맞네.'라고 말하는 듯 느껴져서 멋쩍었다. 난 무심한 척 가방을 챙겨 들었다. 앞자리 범생이가 돌아보며 코를 찡그리며 웃는다.

"너네는 집에 가서 좋겠다."

"그럼 님도 취업반으로 오실라우?"

"진짜 그러고 싶다."

공부 스트레스와 놀고 싶은 마음에서 던지는 가벼운 푸념이라는 것 정도는 안다. 내게 만화가 중요하듯 성적에 목매는 애들한테는 공부가 그럴 거다. 그렇다고 내가 만화 그리는 게 지겹다고 진학반에 들어가 공부하고 싶다고 저들에게 푸념하지 않는다. 이런 말을 들을 때마다 속이 뒤틀린다. 저만 힘들고, 공부하는 것이 최고의 특권이고, 이외의 것은 모두 가볍고 하찮게 보는 어른들과 똑같이 느껴져 아주 불쾌하다. 난 아니지만 그게 자격지심이라고 해도 어쩔 수 없다. 이럴 때마다 경계가 자꾸 무너진다.

"어이, 만날 말로만 그러지 말고 행동으로 보여 주시죠? 그럼 아, 네가 진짜 취업반에 오고 싶었구나, 하고 믿어 주지."

"진짜 그러고 싶은데, 그랬다간 엄마한테 죽어."

"하긴, 진짜를 얻으려면 아주 많은 용기와 고난도 액션이 필요하긴 해. 그치? 그냥 세상에서 제일 쉬운 공부나 하셔!"

"그래, 난 밤 공부를 위해 석식이나 먹으러 가마!"

아, 오늘은 너무 갔다. 그런데도 범생이는 비꼬는 말인 줄 알면서 못 알아들은 척 웃으며 손까지 흔든다. 그래, 네가 진정한 구미호다. 내가 졌다.

이름만 구미호의 경우는 여전히 잘 모르겠다. 컴퓨터 학원에 다닌다는 것과 고양이를 기른다는 것, 별거 중인 엄마가 한 달에 한 번씩 와서 며칠 있다 간다는 것, 얼마 전부터 예전에 앓던 폭식증이 다시 도진 엄마 앞에서 먹는 걸 조심한다는 것, 대충 이 정도만 알 뿐이다. 더 복잡하게 얽히기 싫어서 진로나 가족에 대해서 더 묻지 않았고, 미호도 더 말하지 않았다. 우리는 같이 밥을 먹을 때도 깊은 대화는 하지 않는다. 그런 면에서만은 구미호와 마음이 통한다. 내 경계의 벽도 좀 물컹해진다.

"뭐 먹고 싶어? 너무 비싼 건 곤란하지만 15,000원 정도는 있어."

"매운 거 먹고 싶어. 너 매운 거 잘 못 먹으니까."

"어? 그럴래?"

구미호는 이런 사소한 농담도 바로 못 알아먹고 버벅거린다.

"바보냐? 만날 같은 데 가면서 뭘 물어보냐는 말이다!"

그제야 헤실헤실 웃는 이 미련한 구미호는《별을 가진 작은 여우》에 나오는 호치가 분명하다. 놀려도 놀림당하는 줄도 모르고 아파도 아프다고 잘 내색도 못하는 반편이 호치.

단골 분식집에서 떡볶이와 닭강정, 순대를 시켜 놓고 핸드폰을 켰다. 며칠 전부터 정주행 중인 목요 웹툰 〈선천적 얼간이들〉이 업데이트되는 날이다. 새로운 게 올라왔는지 베스트 도전도 확인해야 하고, 휴재 중인 것들이 다시 업데이트됐는지도 확인해야 한다.

닭강정을 먹으며 한참 스크롤 압박에 시달리고 있는데 오늘따라 어쩐지 구미호가 거슬린다. 다른 날보다 뭔가 어둠의 아우라가 스멀스멀 피어오르고 있다. 모른 척할까 하다 그러면 꼭 내가 악당이 되는 것 같아 기분이 찜찜하다.

"왜? 뭐야?"

"어? 난 아무 말도 안 했는데?"

"그러니까 하고 싶은 말이 뭐냐고?"

구미호는 또 곤란한 표정으로 주저한다.

"나, 컴퓨터 학원 그만두고 간호 학원 다녀야 할 것 같아."

"갑자기 왜?"

"엄마가 너무 불쌍해서 내가 어떻게라도 해 주고 싶어. 지금이라도 가능할까? 어떻게 해야 할지 계속 고민이라 선생님한테 상담이라도 받고 싶은데, 상담받고 나면 그대로 결정해야 할 것 같아서 그것도 좀 두렵고."

착한 애들은 늘 이게 문제다. 주위 사람 챙기느라 정작 자기가 하고 싶은 게 뭔지 모른다. 곁에 있는 사람들이야 편하고 좋다지만 그럼 자신은? 자기애가 부족하면 결국 구미호 엄마처럼 삶이 불행해진다.

"그럼 하지 마. 네가 정말 하고 싶은 일이라면 당근 박수 쳐 주겠는데 그게 아니잖아. 야! 그리고 다 큰 어른이면 자기 인생은 자기가 책임져야지 뭐가 불쌍하냐? 난 세상에서 내가 젤 불쌍해."

정말이다. 난 내가 제일 불쌍하다. 툭 하면 밤샘해야 하고, 그 일로 엄마랑도 싸워야 하고, 이야기도 폼 나게 만들어야 하고, 취업반에 대한 편견에도 맞서야 한다. 이런 불쌍한 나를 위해서라도 남들이 말하는 착한 아이는 되지 않을 거다. 나라도 나를 맘껏 사랑해 줄 거다.

"그래도……. 지금 내 현실에서는 간호 학원을 선택하는 게 맞지 않을까?"

정말 답답하다. 세상에 맞는 일이 어디 있어? 그냥 내가 하고 싶으면 하고, 하기 싫더라도 선택했으면 그게 맞는 길이라고 믿고 가는 거지.

"네가 말하는 현실이 뭔데? 엄마가 아프다는 거? 그럼 네 인생은? 넌 어떻게 살고 싶다는 판타지도 없어?"

"판타지는 그냥 판타지잖아."

"무슨 그런 맥 빠지는 소릴! 판타지가 영 다른 차원 공간인 것 같아? 어른들이 보기엔 우리 같은 학창 시절도 판타지고, 우리한텐 어른이 된다는 것도 그냥 판타지야! 팩트에서 한 발만 더 내밀면 판타지가 되는 거지. 말하자면 절대 있을 수 없는 일이라고 부정하는 순간 판타지는 사라지고 팩트만 남아. 판타지가 없다는 건 기대나 꿈이 없다는 말처럼 무시무시한 거야."

팩트와 판타지는 동전의 양면 같다. 팩트에만 의존해서 살다 보면 삶이 건조해지고, 판타지만 좇다 보면 삶이 허무해질 수도 있다. 어렵지만 그 경계를 알고 평행을 잘 유지해야 한다.

"조금은 알 것 같기도 한데 여전히 사는 게 어려워."

구미호는 좀 더 즐겁게 살 필요가 있다. 스스로를 사랑하는 방법을 모른다면 누군가 이 애를 소중하게 여기고, 사랑받는 즐거움을 알게 해 주는 것도 한 방법이다. 갑자기 골리앗이 떠올랐다.

"연애를 해 보는 건 어때? 네 삶이 좀 더 화사해지지 않을까?"

구미호 얼굴에서 어둠의 아우라가 조금 옅어졌다. 대신 자조 섞인 웃음이 뒤따른다.

"누가 나 같은 애랑 연애를 해?"

역시 눈치 없다.

"혹시 알아? 널 짝사랑하는 애가 어딘가에 있을지도. 예를 들어 골리앗이라든가, 송충이라든가, 연예인이라든가?"

"뭐야 그게! 그럴 리도 없겠지만 누가 날 좋아한다고 해도 연애는 못해. 그럴 시간도 없고, 맘에 여유도 없어."

송충이에 연예인까지 말했으면 제발 눈치 좀 채라! 하지만 내가 보기 답답하다고 연애를 강요할 수도 없다. 그건 대학을 강요하는 담임하고 똑같은 짓을 하는 거다. 어쩌냐, 골리앗. 넌 대시해 보기도 전에 차였단다. 그래, 이왕 짬뽕된 마당에 로맨스도 좀 넣어 주지. 내 판타지에서나마 구미호하고 행복하게 보내라.

구미호 얼굴이 다시 어두워진다.

"넌 만화가라는 확실한 미래가 있어서 좋겠다."

얘가 또 왜 이럴까.

"내가 미래에 만화가가 된다고 누가 그래?"

"아냐? 다들 그렇게 알고 있는데?"

내가 취업반을 선택한 건 대학 갈 시간과 돈을 하고 싶은 일에 투자하기 위해서다. 대학이 싫다든가 무조건 만화가가 되겠다는 열망 때문이 아니다. 현재 만화를 좋아하고 또 잘하는 것이라 최선을 다하고 있을 뿐이다. 그러다 만화보다 더 하고 싶은 게 생긴다면 나는 그 일을 할 것이다. 그래서 시간을 두고 정말 내가 하고 싶은 것이 무엇인지 차근차근 찾고 싶다.

"고딩인 우리가 벌써부터 미래를 결정한다는 건 좀 무섭지 않냐?"

"그래도 불안하진 않잖아. 다들 진로 결정은 고등학교 초반에 하기도 하고."

"남들 따라 하다간 너도 남 된다. 내가 되려면 내가 하고 싶은 걸 해야지."

"그런가?"

왠지 씁쓸하다. 극구 부인했지만 내 안에서 구미호는 다른 애들과는 좀 다른 존재였나 보다. 이 애마저 다른 애들과 같은 얼굴로 있었다고 생각하니 갑자기 맥이 빠진다. 연애를 시작하자마자 실연당한 기분이다.

뭐 어쩌겠어. 혼자는 혼자대로 좋지만 맥이 빠질 정도로 기대했던 존재가 하나쯤 있는 것도 나쁘지 않다. 기대치와 실제가 다르다고 비난할 수도 없는 노릇이다. 언제나 현재는 팩트와 판타지가 공존할 수밖에 없는 공간이니까.

"자, 넌 염장이나 먹어라."

마지막 남은 염통 한 점을 포크로 찍어 소금 잔뜩 발라 구미호의 입에 밀어 넣었다. 방금 실연당한 사람에게 내 이야기의 히어로와 달달한 연애를 그리게 만든, 눈치 없이 염장 지르는 이 새로운 캐릭터에게 하는 작은 복수다.

"잘 먹었어. 배도 채웠으니 슬슬 각자의 미래를 만들러 가 볼까?"

이제 장르는 상관없다. 그게 액션이 됐든 호러가 됐든 로맨스가 됐든 그냥 갈 때까지 가 보는 거다. 스펙터클과는 거리가 먼 소소한 일상이라도 상관없다. 맘에 안 드는 그림이 나오면 좋아질 때까지 새로 그리면 된다. 끊임없이 변하는 생각에 따라 내 인생의 좌표도 수정하는 거다. 그러다 보면 내가 원하던 어떤 지점에 도달할 때가 올 거라 믿는다. 아, 이게 바로 '어제의 나보다 더 성숙된 오늘의 나'인가? 생각보다 별거 아니다.

:: 작가의 말

내게는 딸처럼 예쁘고도 얄미운 조카가 있다. 내년이면 고등학생이 되는 조카는 이 글의 주인공처럼 별명이 외계인이다. 눈이 너무 커서 외계인처럼 생겼다고 조카의 단짝이 붙여 준 것인데, 여러 가지 의미에서 이보다 꼭 맞는 별명이 있을까 싶을 정도로 잘 어울린다.

기본적으로 사춘기 전후의 모든 청소년들은 내게 낯설지만은 않은 외계의 존재들이다. 이미 그 시기를 거쳐 온, 그래서 '나도 저런 시기가 있었지.' 하고 그리워지게 만들다가도 '내가 저런 적이 있었던가.' 낯설게 느끼게 할 때도 많다. 어쩌면 이 시기 아이들은 스스로도 예측할 수 없는 기복을 겪기에 자기 자신에게조차 이해받지 못하는 존재일 것이다.

그런 아이에게, 예전의 나와는 표현의 방식이 다르다고 해서, 이미 겪어 봤기에 다 안다는 어른의 잣대로 '너는 잘못되었다'고 지적질을 하고 있었다. 불현듯 내 잘못과 실수를 알고, 다시는 그러지 말아야지 반성하면서도 며칠만 지나면 또 잊어버리게 된다. 그럴 때마다 아이들의 반짝이는 감성을 잃어버린 어른이라는 외피가 참 슬프고도 부끄럽다. 나는 얼마나 더 아이들의 마음 읽기를 해야 '그래서 그럴 수밖에 없었구나.' 하고 위로를 건네줄 수 있을까.

그런 어른이 될 수 있다는 희망으로 이제 막 청소년 소설이란 길 위에 섰다. 내게 청소년 소설을 쓴다는 것은 잃어버린 시간을 찾아서 떠나는 여행이자, 돌이킬 수 없는 과거를 바꾸고 싶은 열망을 담은 모험이다. 이 첫 번째 여행길에서 나는 다섯 친구들을 만났다. 이화미디어고등학교에 다니는 선정이와 진명여자고등학교에 다니는 소정이, 지윤이, 다연이 그리고 우진이. 서로 만화라는 공통 관심을 가졌지만 외모부터 성격까지 다른 개성을 가진 친구들이었다. 이야기의 두 주인공인 외계인과 구미호는 엉뚱 발랄하고 때로는 자조 섞인 이 다섯 아이의 일면을 가져온 것이다. 하지만 모자란 필력 때문에 그들의 다채로움을 제대로 표현하지 못한 것이 그저 미안할 뿐이다. 얘들아, 만나 줘서 고맙고, 언젠가 또 만나자.

반 소 희

대학에서 문예창작을 공부했다. 동화를 공부하다가 자연스럽게 청소년 소설에도 관심을 가지게 되었다. 청소년인 조카에게 '이야기를 읽고 재미와 위로를 받았다'는 말을 들을 수 있는 글을 쓰는 것이 현재 목표다.

은이결

1

핸드폰이 울린다. 무거운 눈꺼풀을 들어 올린다. 발신인에 '엄마'가 뜬다. 주방에 있는 엄마가 전화로 나를 깨우는 건 날 구슬리고 있는 거다. 나와 싸우지 않겠다는 거다.

"거봐, 마음먹으니까 되지."

엄마가 시치미를 뗀다.

6시 20분. 짜증이 확 올라온다. 밤 10시까지 야자를 하는 걸로 되어 있는데, 그래서 학원은 주말에 몰아서 가고 있는데, 0교시라니! 끔찍하다.

창밖에 황사가 심하다. 잠이 덜 깬 머릿속도 온통 뿌옇다.

텅 텅 텅 텅. 텅텅, 텅더덩. 텅텅, 텅더덩.

"아직도 그 버릇 못 고쳤어? 얼른 씻고 아빠랑 같이 가."

창문을 두드리던 손을 잽싸게 내렸다. 드럼에 푹 젖어 있는 손이 엄마 레이더에 걸리지 않도록 조심해야 한다.

아빠는 운전을 하며 계속 하품을 한다. 아빠는 작년부터 영어 학원 새벽반에 다닌다. 엄마는 아빠가 승진을 못하는 이유가 승진 시험에 필수인 영어 회화 점수가 엉망이기 때문이란다.

"현제도 대학 가지고는 안 돼. 요즘 유학은 기본으로 다녀와야 대기업에 이력서라도 내밀어."

아빠도 회사에서 유학파가 대세라는 엄마 말을 인정한다. 아빠는 만년 과장 딱지를 뗄 수 있다면 영어 학원이 아니라 해외 유학이라도 다녀오고 싶다고 했다.

"차에서 조금만 잘게. 학교는 천천히 가지 뭐."

"얌마, 학교 가서 자. 내가 차에서 잘 거야."

아빠 농담에 더 졸리다. 아빠는 나를 교문 앞에 내려놓고 모퉁이를 돌아갔다. 아빠와 나는 각자에게 떠넘겨진 '0교시'를 시작한다.

7시 30분 밖에 안 됐는데 복도 신발장이 꽉 찼다. 담임이 제안한 0교시 자율 학습이 이렇게 반응이 좋을 줄 몰랐다. 1학년 때까지 느슨했던 아이들도 내신에 신경 쓰고 있다는 뜻이다.

가이드가 뒷문에서 지휘봉을 흔들며 아이들에게 눈도장을 찍는다. 그 지휘봉은 3월 개학 첫날 가이드에게 빼앗긴 내 드럼 스틱이다. 엄마가 아무리 닦달해도 이렇게 일찍 오는 게 아닌데. 돌아서기엔 이미 늦었다.

"나현제, 앞머리 자르라고 했지? 방해된다."

눈을 덮은 머리카락 사이로 들어오는 가이드 눈빛을 슬쩍 피한다.

"방해 안 되는데요."

가이드가 스틱으로 등을 쿡 찌른다. 나보다 스틱이 더 기분 나쁠 것 같다.

대부분 책에 눈을 박고 있지만 나처럼 코를 박고 엎드린 놈도 있다. 교실이 너무 조용해서 잠도 안 온다. 가이드가 걸어 둔 급훈에 눈길이 갔다.

2학년 첫날, 사회·정치 담당인 담임 김백문은 액자 하나를 들고 교탁 앞에 섰다. 40대 답지 않은 탄탄한 몸매에 짧은 스포츠 머리와 날카로운 눈빛을 가진 담임은 자신을 가이드라고 소개했다.

"샘, 전직이 여행 가이드였어요?"

누군가가 묻자, 담임은 얇게 저민 붉은 생선살을 붙여 놓은 것 같은 입술 한쪽을 올렸다. 그러고는 들고 온 액자를 우리를 향해 돌려놓았다.

급훈 – 오아시스로 가자.

"오우!"

사방에서 기대에 찬 탄성이 터졌다.

"사막에서는 오아시스만이 살 길이다. 우리를 살릴 오아시스는 대학뿐이다. 우리는 오직 수능을 위해서, 수능에 의해서만 존재한다. 너희는 내신과 모의고사 점수만 올려라. 입시 전략은 내가 짠다!"

담임 목소리가 비장했다.

새로운 것을 기대한 나는 맥이 확 빠졌다. 더 들을 것도 없이, 결국은 공부해서 무조건 대학을 가라는 소리였다. 나는 스틱으로 허공을 두드렸다.

"1년, 한 달, 10분 단위로 쪼개어 계획을 잡아라. 1년이 10년을, 그 10년이 평생을 좌우한다."

대학 입시 전략 학원에 앉아 있는 것 같았다. 고개를 까딱거리며 박자를 맞추고 있을 때 담임이 나를 가리켰다.

"가지고 나와."

담임은 학업 분위기를 망치는 물건은 졸업 때 주겠다고 했다. 그러고는 선심을 쓰듯 '첫날이니까.' 하며 드럼 스틱 한 개를 돌려주었다. 담임이 가진 스틱 하나는 곧바로 나를 제자리로 밀어 넣는 지휘봉이 되었다.

오늘은 가이드가 모의고사 일정표 옆에 D-day라고 적혀 있는 달력을 걸었다. 숫자가 549에 맞혀져 있다.

"고3 때 수능 일을 세는 것은 무의미하다. 그건 오아시스를 발견해도 마실 물이 다 떨어졌다는 뜻이다. 수시 모집에 빠르게 대응하기 위해서는 2학년 때 완벽하게 계획을 짜야 한다. 549일에서 백 단위는 없다고 생각해라."

가이드가 5가 쓰인 종이를 넘겨 0으로 만들었다. 1년도 더 되는 시간을 순식간에 퉁쳐 버린다. D-day 049. 49일 후엔!

"여름방학이잖아."

내 말에 아이들이 웃었다. 가이드가 스틱으로 교탁을 콕콕 찍는다.

"아직도 정신 못 차리는 놈! 여기가 사막인지도 모르는 놈! 입 놀릴 시간에 책을 파라. 평생 사막에서 모래나 씹고 싶지 않으면."

모두에게 하는 말 같지만, 결국 나에게 하는 경고다. 가이드가 가장 싫어하는 부류가 줄에서 자꾸만 빠져나오려는 나 같은 놈이다.

그때 뒷문이 열리고 건욱이가 들어온다. 체육 특기생인 건욱이는 0교시와 야자가 자동 제외되는 대단한 특권을 가지고 있다.

1교시, 수학은 칠판을 수열 문제로 도배했다. 나는 가방에서 스틱을 꺼냈다. 스틱을 한 번 빼앗긴 후, 문제집 사이에 스틱을 넣어 테이프로 고정시켜 가이드 눈을 피한다. 스틱을 잡은 손목이 까딱거린다. 금단 현상이다. 가이드가 5분만 일찍 나가 주었어도 한 곡은 칠 수 있었는데.

　책상 속에서 스틱을 바로 잡았다. 3일 만에 롤링스톤스의 'Paint It Black' 악보를 완전히 외웠다. 컴온뮤직에서 강 샘 어깨 너머로 본 동영상에 반해서 선택한 곡이다. 동영상에서 본 드러머는 70이 넘은 나이라는 것이 믿기지 않을 만큼 열정적이었다. 50년 동안이나 드럼을 쳤다는 은발 드러머 찰리 워츠가 신화 속 인물처럼 보였다.

　수학이 문제를 따박따박 짚어 가는 소리가 연주 시작을 알린다.

　딴따다 따라라라 따라라라 라~~~. 일렉트로닉스 기타가 신호를 주면 나는 스네어 드럼과 베이스 드럼으로 들어간다. 그 사이로 베이스 탐을 끼워 넣는다.

　I see a red door and I want it painted black

　no colours anymore I want them to turn black

풋페달을 밟는 오른발에 힘을 준다. 수학책 깊숙이 시선을 꽂는다. 엉덩이 근육이 움찔움찔 리듬을 탄다. 믹재거가 나에게 윙크를 한다. 나도 고개를 흔들어 답한다.

갑자기 수학책이 뒤집혔다. 책상 속에서 후다닥 손을 뺐다. 스틱이 요란한 소리를 냈다. 주위에서 웃음이 터졌다.

"풀어 봐."

수학이 책상 속으로 손을 넣는다. 신경이 온통 뒤통수로 몰려 코앞에 있는 칠판 문제는 보이지도 않는다. 수학이 스틱으로 책상을 툭툭 치며 교실을 돈다. 겨우 손에 익은 스틱이 또 지휘봉이 될 것 같다.

"샘, 마구 두드리는 거는 좀."

참지 못하고 한마디 했다.

"그래? 제대로 해 볼까?"

수학은 내 등과 팔을 사정없이 두드리다가 머리를 심벌 삼아 탁 소리 나게 끝을 맺었다. 머리가 뚫어진 것 같다. 그러나 수학은 스틱을 곱게 돌려주었다. 그것만으로 너무 고마워서 고개를 꾸벅 숙였다.

수학은 쉬는 시간을 3분이나 까먹고 나갔다. 재빨리 스틱을 잡았다. 자리를 바꾼 지 닷새 만에 책상엔 스틱으로 친 자국이 빗살무늬처럼 새겨졌다. 엉터리 가사를 붙여 가며 책상과 수학책을 친다. 역시 책은 연습 패드로는 별로다.

"아, 씨발. 시끄럽다고."

오늘 첫 태클이다. 다들 촉수가 곤두선 오전엔 조금 무딘 내가 양보한다. 복도로 나갔다. 내 연주에 태클을 거는 놈들은 쉬는 시간 10분마저 공부로 소진시키는 놈이거나 그 시간을 쪽잠으로 달달하게 보내는 놈이다. 다들 날아다니는 쌍시옷에는 무심해도 내 연주는 그냥 넘기지 못한다.

가방을 든 건욱이가 뒷문으로 나온다.

"벌써?"

건욱이는 경기 일정이 잡힐 때면 1교시만 하고 체육관으로 간다.

"꼽냐?"

"국가 인증 면죄부냐? 나도 발차기나 배울걸."

"발차기냐? 네가? 발차기씩이나? 새끼, 하던 거나 계속해."

꼽다. 부럽다. 건욱이가 걸어 나간 복도가 오아시스로 통하는 직선 코스처럼 보인다. 나는 식수대로 가서 물을 줄줄 빨았다.

2

내가 잊고 있었던 드럼을 다시 생각해 낸 건 작년 늦은 가을이었다.

토요일 아침부터 중간고사로 빠진 학원 수업을 보충했다. 시험이 끝나는 주말 만큼은 자유롭던 생활도 끝이었다. 나와 지환이는 엉망인 시험 결과에 기가 팍 죽어 저녁을 대충 때우고 학원으로 돌아가고 있었다. 지환이와는 초딩 때부터 붙어 다녀서 죽이 잘 맞았는데, 이번엔 망친 시험 과목까지도 똑같았다.

"인간 수명 100세 시대에 20년도 못 살고 죽으면 너무 억울하지 않냐?"

지환이가 얼마 전 수능을 앞두고 자살한 같은 아파트 고3 이야기를 꺼냈다.

"그 형이라고 그러고 싶었겠냐? 이대로 사는 게 죽는 것보다 더 억울했을지도 모르지."

"그러게, 우리라고 별수 있어."

투덜거리던 지환이가 횡단보도 건너에 있는 공원을 가리켰다. 주말이면 가끔 행사가 벌어지는 공원에서 불빛과 음악 소리가 새어 나왔다. 우리는 발길을 돌려 공원으로 들어갔다.

'야누스 가을 정기 공연'

플래카드 아래 조명이 번뜩였다. 밴드 연주에 맞춰 남자가 노래를 하고 있었다.

나와 지환이는 음료수를 홀짝이며 구경했다. 마지막 한 곡을 남겨 두고 밴드 멤버가 소개되었다. 드럼을 치던 남자가 야구 모자를 벗고 뚱한 얼굴로 일어났다. 야구 모자 안에서 긴 곱슬머리가 나왔다. 스키니 바지를 입은 다리가 길어 보였다. 여학생들이 소리를 지르며 방방 뛴다.

"어? 어디서 봤지?"

지환이는 모르는 얼굴인지 고개를 저었다.

탁! 탁! 탁! 탁! 스틱을 치는 신호음으로 키보드 연주가 시작되었다. 드러머가 야구 모자를 돌려 쓰더니 심드렁한 표정을 싹 지웠다.

쿵칙쿵칙, 쿵따쿵따, 따가따가딱딱, 팡팡.

드러머 손이 드럼 위를 날아다닌다. 관객이 들썩이기 시작했다. 무대가 달아오르자 드러머가 야구 모자를 벗어 던졌다. 불빛 아래서 목 근육이 살아서 꿈틀거린다. 머리를 흔들고 괴성을 지르는 드러머 질주에 앉아 있던 사람들이 일어나 펄쩍펄쩍 뛰었다. 나는 사람들을 비집고 들어가 무대 가까이에 섰다. 조명을 받은 드러머 얼굴은 11월인데도 땀으로 번들거렸다. 드러머는 미친 듯이 드럼만 치는 것 같다가도 관객을 둘러보며 눈을 맞췄다. 드러머가 스틱으로 손짓하는 곳마다 환호성이 터진다. 관객을 휘어잡는 수준이 보통이 아니다. 드러머 주위로 전기가 흐르는 걸까? 내 몸에 짜릿짜릿 전율이 흐른다. 두 번째 앙코르 곡을 연주하던 드러머가 나를 향해 웃는 순간, 벌떡대던 심장에 스틱이 딱 꽂혔다. 생각났다. 강 샘!

중2, 컴온뮤직에서 드럼을 배울 때 원장 샘이 없는 날엔 강 샘이 와서 아이들을 가르쳤다. 사실 가르쳤다기보다는 자리를 지켰다는 게 맞다. 추리닝 차림에 슬리퍼를 끌고 와서는 맨발을 책상에 올려놓고 나무늘보처럼 의자에 축 늘어져 있다가 누군가 들어오면 눈만 껌뻑이고는 그만이었다. 어디를 봐도 딱 청년 백수였다. 그런 사람이 화려한 조명을 받으며 밴드를 리드한다. 드럼을 맘대로 휘젓는 솜씨는 눈으로 봐도 믿겨지지 않았다.

곡이 끝나자 사람들이 드러머 앞으로 몰려와 소리를 지르고 핸드폰으로 사진을 찍어 댔다. 드러머가 무대에서 내려오며 스틱으로 나를 가리켰다.

"강 샘?"

"현제, 나현제! 고딩 되어도 똑같네."

강 샘은 내 이름을 기억하고 있었다. 학생들이 나를 부러운 듯 쳐다봤다.

학원에 앉아서도 심장에서 드럼 소리가 울렸다. 머릿속에선 드럼 앞에서 돌변하는 강 샘과 환호성을 지르던 관객 모습이 수없이 재생되었다.

밤에 자려고 누우니 지환이가 했던 말이 생각났다. 우리라고 별수 있을까? 기름만 넣으면 돌아가는 기계처럼 밥만 먹으면 주말도 없이 학교와 학원으로 팽팽 돌아치는 나도 별수 없을 거다. 새삼 숨이 막혀 왔다.

"컴온뮤직 아직도 편의점 2층에 있던데, 놀러 가 볼까?"

다음 날, 엄마를 떠봤다.

"지금 놀러 다닐 때야! 내신 등급 챙기려면 겨울방학에 바짝 해야 돼."

중학교 3학년 때 성적이 떨어지면서 반강제로 그만둔 드럼을 엄마가 다시 허락할 리 없었다. 나는 엄마 대답과 상관없이 이미 결정을 내렸다.

방학하는 날 컴온뮤직에 찾아갔다. 뜻밖에도 강 샘이 학원을 인수해서 운영하고 있었다. 여전히 만사 귀찮음으로 나를 맞는 강 샘이 더 이상 나무늘보로 보이지 않았다. 나무늘보 이미지는 강 샘이 자신을 숨기려고 꾸며 낸 것인지도 몰랐다. 돈을 탈탈 털어 석 달을 등록했다. 방학에도 학교와 학원에서 공부만 하는 줄 아는 엄마에겐 미안했지만 나는 종일 컴온뮤직에서 살았다. 잊고 있던 드럼이 날 이렇게까지 끌어당길 줄은 몰랐다.

휴일에 엄마가 집을 비울 때면 집안 잡동사니를 드럼처럼 세팅해 놓고 음악 볼륨을 최대로 높이고 놀았다. 또 어느 날은 집안을 돌아다니며 장식장과 화장대 텔레비전까지 드럼으로 썼다. 그때마다 악기들이 제각기 다른 진동으로 날 감동시켰다.

그러다 두 달 만에 엄마에게 걸렸다. 수시로 학원을 빼먹은 거에 금이 간 물건을 교묘하게 숨겨 놓는 패씸죄까지 추가되어 2월 한 달은 학원에 붙박이가 되었다.

2학년이 시작되고는 더 이상 참을 수가 없었다. 수능을 입에 달고 사는 김 가이드 잔소리와 살짝살짝 부는 봄바람이 나를 부추겼다. 야자를 권하는 가이드에게는 학원을, 엄마에게는 야자 핑계를 대었다. 가이드는 학원에 익숙한 우리에게 선택권을 주었다. 물론 성적을 올린다는 조건에서였다.

나는 수업을 마치면 엉덩이에 발화 장치가 달려 있는 것처럼 튕겨져 나가 컴온뮤직으로 내달렸다. 그러고는 수업 내내 황폐해진 영혼에 생명을 불어 넣듯 드럼을 쳤다. 강 샘이 나처럼 몰입하는 놈은 처음 봤다며 혀를 내둘렀다. 실력이나 재능은 잘 모르겠다. 이것도 강 샘이 내린 평가다. 집으로 돌아갈 때마다 거짓말이 들통 날까 조마조마했지만 나를 온전히 쏟아 붓는 이 시간을 포기할 수 없었다.

5월인데, 반팔 교복도 덥다.

오늘도 강 샘은 회전의자에 파묻혀 나에게 왼손을 슬쩍 들어 보이고는 다시 눈을 감는다. 유령처럼 소리도 없이 우리 앞에 나타나는 가이드에게는 상상도 할 수 없는 게으름이다.

손목을 푸는 연습 패드는 건너뛰고 몸 풀기에 들어간다. 악보도 박자도 무시하고 드럼을 두드려 본다. 라이드 심벌에서부터 베이스 드럼까지. 네가 내림굿하는 무당이냐며 강 샘에게 몇 번이나 머리를 쥐어박혔지만 나는 내 방식을 고수한다. 드럼 소리에 서서히 몸이 깨어나 흐느적거린다. 강 샘이 부스 안을 들여다보고는 주먹을 들어 보였다.

가방에는 중간고사 성적표가 들어 있고, 내일은 김 가이드와 상담이 잡혀 있다. 가이드가 원하는 것은 6월 모의고사 목표 점수와 목표 대학과 기말고사까지 계획표다. 목표도, 계획도 없지만 상관없다. 드럼 앞에서만은 내 세상이다. 내 시간이다.

대여섯 곡을 연주하고 나니 팔이 아프다. 오늘 따라 어깨에 자꾸만 힘이 들어간다. 학교가 일찍 끝나는 시험 기간 동안 무리해서 드럼을 치는 바람에 손가락엔 물집이 잡혔다. 나는 땀으로 달라붙은 교복을 펄럭이며 드럼 부스를 나왔다.

강 샘이 슬리퍼를 찾아 신는다.

"공부는 안 해?"

"시험도 끝났는데 무슨 공부예요?"

평소 공부 이야기는 꺼내지도 않는 강 샘이다.

"그만 가 봐."

강 샘이 덥수룩한 곱슬머리를 쓸어 넘긴다. 곤란할 때 하는 행동이다. 학원에 문제가 생겼나?

"샘, 여름방학 때 알바하기로 했거든요. 레슨비는 그때 한꺼번에 낼게요."

"집에서 전화 왔다. 짐 다 챙겨서 가."

드디어 올 것이 왔다. 나는 다시 드럼 부스로 들어가 헤드폰을 썼다. 결전을 앞두고 전투력을 충전시키는 전사가 된 기분이다.

아파트 사이로 보름달이 떴다. 스틱 하나에 보름달을 끼우고 다른 하나로 보름달을 살짝 쳤다. '재앵' 맑은 소리. 다시 한 번 '재앵~.' 달빛이 부드럽게 사방으로 퍼졌다. 중독이다. 중독!

엄마는 가방을 바닥에 쏟았다. 책과 함께 스틱이 떨어졌다.

"넌 이걸로 공부해?"

엄마가 스틱으로 내 등을 쳤다. 드럼에서는 상상도 할 수 없는 둔탁한 소리가 났다. 다들 스틱으로 드럼 대신 나를 쳤다.

"배고파."

시큰둥한 내 반응에 엄마가 스틱을 식탁에 내려놓았다. 나는 슬며시 스틱을 챙겼다.

"대학 가서 해. 드럼을 치든 기타를 치든 네 맘대로."

대학 가서는 하고 싶지 않을지도 모른다. 아니 그때도 할 수 없을지도 모른다.

"알아서 할게."

"정신 차려. 이젠 대학 졸업장으로 안 된다고 했잖아. 아빠가 왜 저러고 있는데? 몇 년째 제 밥그릇 빼앗기고……."

"그래! 내 것도 못 챙긴다."

아빠가 커다란 상자를 들고 현관에 서 있다. 엄마는 당황해서 후다닥 일어났다. 상자엔 여러 가지 과일이 수북이 담겨 있다.

"웬일이야? 어디서 떨이했어?"

과일을 들고 온 아빠가 놀랍다. 퇴근길에 검은 봉지 한번 들고 온 적이 없는 아빠가 상자를 식탁 위에 올려놓고 푸우 한숨을 쉬었다. 술 냄새가 났다. 엄마는 일그러진 표정으로 아빠와 상자를 번갈아 보다가 다시 내 앞으로 바짝 다가와 앉았다.

"대학 갈 때까지 겨우 2년이야. 내일부터 야자 해. 학원은 지금처럼 주말에 가고."

"야자 하면 드럼 칠 시간 없어."

계속 심드렁한 내 반응에 엄마가 소리를 빽 질렀다. 나는 엄마를 피해 잽싸게 일어났다. 엄마가 스틱으로 삿대질을 했다.

"내년이 수능인데, 제정신이야? 이까짓 거 집어치워! 뭐가 되려고? 아빠가 힘들게……."

아빠가 엄마 손에서 스틱을 잡아챘다. 퍽! 식탁 유리가 사방으로 튀었다. 엄마는 비명을 지르며 내 등 뒤로 숨었다. 아빠가 다시 식탁을 쳤다. 식탁 모서리 장식과 함께 스틱이 튕겨져 나갔다.

"그래, 힘들어. 내 인생, 한 번뿐이다 이거야!"

엄마와 나는 처음 보는 아빠 모습에 얼어 버렸다. 아빠는 긴 트림을 하더니 아무 일도 없었다는 듯 상자에서 바나나 하나를 떼어서 껍질을 벗긴다. 나는 스틱을 주워 슬금슬금 피했다.

"인생 한 번? 그래, 말 잘하네. 인생 이렇게 쫑 낼래?"

밖에서 엄마 잔소리가 시작되었다. 아빠가 고무장갑을 끼고 유리를 줍는 걸 보고 조용히 방문을 닫았다.

만만한 게 스틱인지, 모두 나를 대신해서 스틱을 못 살게 군다.

"이 점수로 어디 갈 거야?"

엄마가 방문을 벌컥 열고 성적표를 흔들었다.

"뭐가 부족해서 그래? 원하는 거 다 해 주는데? 공부할 수 있을 때 하란 말이야!"

"하고 싶을 때 할 거야."

엄마가 파르르 떨면서 내 손에서 스틱을 빼앗는다.

"아씨, 내 거라고!"

나는 벌떡 일어나다가 주저앉아 버렸다. 발바닥이 벌겋다.

"어머머, 현제 아빠! 현제 아빠!"

아빠가 바나나를 입에 물고 뛰어 들어왔다. 아빠는 내 오른쪽 발바닥에서 유리 조각을 빼냈다. 살을 후벼 파는 것 같다. 피가 후드득 떨어지자 엄마가 발을 동동 굴렀다.

"그러게 성질 좀 죽여."

아빠가 스틱을 챙기며 엄마에게 한마디 했다.

"허이구, 성질부린 게 누군데? 유리 깬 게 누군데? 왜 둘 다 안 하던 짓거리를 하냐고?"

엄마가 우리 부자를 하나로 묶어 잔소리를 퍼붓는다. 오늘도 일찍 자기는 글렀다.

내 손엔 구겨진 성적표와 아빠가 먹던 바나나만 남았다.

3

사막에 바람이 분다. 얼굴을 때리는 모래바람에 눈을 뜰 수가 없다. 손으로 틀어막은 입안에서도 모래가 서걱거린다. 사방을 둘러보아도 보이는 건 교복을 입고 가방을 메고 가는 긴 행렬뿐이다. 그러고 보니 내 등에도 똑같은 가방이 붙어 있다. 사막 열기가 나를 통째로 구워삶는다. 쉬고 싶다. 눕고 싶다.

"오아시스가 멀지 않았다."

말끔한 양복을 차려 입은 사람이 나타나서 발이 빠지는 모랫길을 미친 듯이 뛰어다닌다. 뿌연 모래바람 속에서도 양복의 얄팍한 입술만은 또렷하다.

"멈추지 마라. 한눈팔다가는 흔적도 없이 묻힌다."

양복이 바람을 일으킨다. 앞에 가는 녀석은 눈이 책에 꽂혀 자꾸만 비틀거린다. 그때마다 양복이 와서 잡아 준다.

목이 마르다. 아이들이 나를 앞질러 몰려간다. 가방 안에서 무언가 등을 찌른다. 드럼 스틱이다. 스틱을 양손에 잡는 순간 모래바람이 멈춘다. 언덕 너머 반짝이는 게 보인다. 모래 위로 살짝 드러난 라이드 심벌이다. SOS다.

탁, 탁, 탁, 탁.

스틱 소리에 드럼을 덮고 있던 모래가 조금씩 무너진다.

탁탁 타다닥 탁탁 타다닥.

스틱을 더 빠르게 친다. 라이드 심벌에 이어 스네어 드럼, 베이스 드럼이 차례로 모래 밖으로 드러난다. 나는 드럼을 향해 달린다. 허벅지가 모래에 박힌다. 스틱을 아무리 쳐도 나를 덮은 모래는 꼼짝도 하지 않는다. 양복이 가방을 잡고 나를 가뿐히 들어 올려 행렬에 끼워 넣는다. 스틱을 놓친다.

"나현제! 앞만 보고 가라. 나를 믿어라. 나는 김·가·이·드 다!"

가이드가 수사자처럼 포효한다. 가이드 입에서 모래가 품어져 나와 내 얼굴에 쏟아진다. 스틱이 모래에 묻힌다. 스틱을 향해 손을 뻗는다. 가이드가 가방을 바짝 당긴다. 돌풍이 분다. 모래가

코와 입으로 들어온다. 숨을 참는다. 참는다. 참아야 한다.

"일어나. 오늘부터 정신 바짝 차려."

엄마가 무지막지하게 방문을 열어젖혔다. 엄마는 더 이상 나를 구슬리지 않는다.

김 가이드는 절뚝거리며 상담실로 들어서는 나를 힐끗 보고는 곧바로 본론으로 들어갔다.

"계획표?"

"없는데요."

김 가이드가 눈을 치켜뜬다.

"드럼, 얼마나 치냐?"

예상치 못한 질문이다. 나는 준비 못한 계획표와 자르지 않는 앞머리에만 잔뜩 신경을 쓰고 있었다. 가이드는 대답은 필요 없다는 듯.

"실력 검증 안 되고, 수상 경력 없고. 그래도 실용음악과 갈 거야?"

"그냥 좋아서 하는데요. 하다가 좋으면 계속하는 거고요."

김 가이드가 펜을 탁 내려놓는다.

"야, 꼭 가 봐야 아냐? 안 가 봐도 뻔히 보이는데? 당장 야자부터 하는 걸로 해."

"건욱이처럼 야자 빼 주세요."

드럼 치는 시간을 빼앗길 순 없다.

"건욱이는 태권도 특기생이야. 넌 뭐로 빼 줘?"

"취미생으로 빼 주세요."

가이드 얼굴에 비웃음이 담긴다.

"딱 1년 남았어. 목표 점수, 목표 대학, 계획표 치밀하게 준비하고, 시간 분배를……."

어쩌고저쩌고 네버엔딩 스토리가 모래가 되어 쏟아진다.

운동장 스탠드에 앉아 모래 먼지를 턴다. 손이 점점 빨라진다. 박자가 꼬여 버린다. 손으로 친 허벅지만 따갑다.

아침에 아빠는 횡설수설했다. 깨진 식탁 유리를 보고 시치미를 떼더니 나에게 와서는 발바닥이 괜찮은지 물었다. 스틱은 어디에 숨겼는지 안방을 아무리 뒤져도 찾지 못했다.

건욱이가 건들거리며 운동장을 가로질러 간다.

점심시간이 20분이나 남아 있는데 손에 스틱이 없다. 날 위해 교문까지 열려 있다. 절뚝거리며 건욱이를 따라잡았다. 건욱이 손에 들려 있는 운동복 가방을 낚아채 건욱이보다 먼저 교문을 빠져나왔다. 가방을 돌려받은 건욱이는 내 어깨 위로 발을 휘젓고는 가 버렸다.

평소엔 20분이면 컴온뮤직까지 갔다가 돌아오기에 충분하지만 지금은 서둘러야 했다. 걸을수록 발바닥 통증이 점점 심해졌다.

컴온뮤직 문이 활짝 열려 있다. 소모품과 교재를 놓아두는 선반에서 스틱을 하나 꺼냈다. 아무리 급해도 강 샘에게 말은 하고 가야 한다.

"샘, 저 이거 하나 가지고 가요."

사무실에선 강 샘이 손님과 상담 중이었다. 손님이 뒤를 돌아보았다.

"어? 현제, 너?"

아빠가 자리에서 일어났다.

나는 정신없이 계단을 뛰어 내려갔다. 신호를 무시하고 길을 건넜다. 아빠가 컴온뮤직까지 찾아올 줄은 몰랐다.

발바닥이 슬리퍼에 쩍쩍 달라붙는다. 피가 양말에 베어 났다. 아침에 병원에 가자고 윽박지르던 엄마 말을 들을걸 그랬다.

버스 정류장 의자에 앉았다. 차와 사람이 제 갈 길을 간다. 익숙한 거리와 익숙한 가게에선 아무 일도 일어나지 않는다. 그저 햇빛만 유난히 눈부시다. 새삼, 주위가 낯설다. 나만 쏙 빠진 이 기분. 배신감일까? 가게마다 틀어 놓은 음악 소리와 차 소리가 뒤엉켜 시끄러워도 왠지 모든 게 평온하기만 하다. 내가 교실에 있는 사이, 세상은 잘도 돌아간다. 역시…… 배신감이다. 5교시는 벌써 시작했을 거다. 뒤늦게 들어가 상담실로 불려 갈 걸 생각하니 머리까지 욱신거린다. 똑같이 생겨 먹은 스틱이어도 새 것은 촉감이 새롭다. 철로 된 정류장 의자는 살살 쳐도 울림이 크다. 앉아 있던 사람들이 하나둘 일어났다. 할아버지가 교복과 피 묻은 발을 번갈아 보고는 혀를 차며 고개를 저었다.

"몇 번 타냐?"

체육관으로 간 줄 알았던 건욱이가 입안 가득 빵을 베어 물고 우물거린다.

"안 타."

건욱이가 음료수 캔으로 의자를 두드린다. 엇박자를 내며 내 신경을 긁는다.

"안 가냐?"

"안 가. 체육관에 아무도 없어."

시합 출전권을 따지 못했다는 건욱이 얼굴엔 표정이 없다. 건욱이는 한 달쯤, 어쩌면 더 오랫동안 체육관에 가지 않을지도 모른다고 했다.

"너 특기생이잖아? 그럼 다 된 거 아니었어?"

"거기서는 특특기생이어야 해. 나머진 그냥 빌붙어 사는 기생이야."

건욱이 말로는 훈련도 시합도 대학 합격 가능성이 높은 선수가 우선이라고 했다.

"현제야, 시간 때울 데 없냐?"

학교에서는 체육관으로 가라고 하고, 체육관에서는 학교에 남으라는 건욱이는 나와 상황이 반대였다. 당장 학교로 가지 않는다면 내가 갈 곳은 컴온뮤직밖에 없다. 나는 건욱이를 데리고 컴온뮤직으로 되돌아갔다. 지금쯤이면 아빠도 가고 없을 거다.

"여기는 특기생 그런 거 없냐?"

건욱이 물음에 나는 괜히 으스댔다.

"새끼, 시합 출전권? 그런 건 쓰레기통에 처박아 버려."

강 샘 표정은 여전히 심드렁하다. 다행히 아빠가 드럼을 엎은 것 같지는 않다.

악기를 구경하는 건욱이를 두고 나는 드럼 부스로 들어갔다. 단 두 마디도 못 치고 헤드폰을 벗었다. 풋페달을 밟는 오른쪽 발바닥이 화끈거렸다. 다시 풋페달을 밟아 보았지만 베이스 드럼에서는 김빠지는 소리만 났다.

피가 말라 양말과 발바닥이 딱 붙어 버렸다. 억지로 발바닥에서 양말을 떼어 내자 다시 피가 났다. 건욱이가 드럼 부스 안을 들여다보다가 빨갛게 물든 양말을 보고 놀라서 문을 열었다.

그날 나는 건욱이 어깨에 매달려 병원에 가서 다섯 바늘을 꿰맸다. 상처가 깊다는 의사 말에 엄마가 파상풍 주사도 놓아

달라고 호들갑을 떨었다. 점심시간에 학교에서 나온 건 발바닥 상처 때문인 걸로 넘어갔다.

보름 동안 목발을 짚고 다니라는 진단이 떨어졌다. 당연히 드럼도 물 건너갔다. 아빠 차를 타야 하는 신세가 되어 자동으로 0교시와 야자를 해야 했다. 김 가이드는 발이 아플 때엔 앉아 있는 것이 최고라며 내 속을 뒤집었다. 아빠가 한 술주정이 엄마에게는 쓸모 있었다. 깨진 식탁 유리가 야자와 드럼을 동시에 해결했으니까. 주말에는 엄마가 나를 학원 앞에서 납치하듯이 집으로 싣고 오는 바람에 컴온뮤직으로는 눈길도 못 준다. 나는 손이 움찔거릴 때마다 아무거나 두드린다. 그중 제일 좋은 연습 패드는 어디서나 함께 하는 목발이었다.

4

셔츠 소매를 걷어붙인 아빠에게 땀 냄새가 심하게 났다. 야근을 한 아빠도 나만큼 지쳐 보인다. 학교 현관을 나올 때만 해도 멀쩡하던 하늘에서 비가 쏟아진다. 아빠는 갓길에 서 있는 낯선 트럭 운전석에 올라탔다.

"어? 웬 트럭? 아빠 차는?"

빗줄기가 굵어진다. 목발을 먼저 싣고 나도 재빨리 운전석 옆에 앉았다. 트럭에서는 달달한 냄새가 났다. 시동을 걸자 라디오가 켜졌다. 아빠에게 차는 어쨌냐고 또 물어도 대답이 없다. 라디오에서 팝송이 흘러나온다. 나는 손으로 박자를 맞췄다.

"저기, 현제야."

아빠는 나를 불러 놓고 운전만 한다. 잠깐 멈췄던 손을 다시 두드린다. 시원하게 내지르는 가수 목소리가 익숙하다. 곡이 클라이맥스로 올라간다. 엉덩이가 들썩인다. 아빠가 라디오 볼륨을 줄였다.

"저기, 현제야. 아빠 회사 그만뒀다."

손이 허공에서 멈췄다. 차도 신호등에서 멈췄다.

"너 대학 갈 때까지는 버티고 싶었는데, 잘 안 됐다."

나는 두 손을 무릎 위에 얌전히 놓고 차창을 닦고 있는 와이퍼를 쳐다봤다. 그사이 곡이 끝나고 곡을 소개하는 멘트도 다 끝나 버렸다. 당장은 아빠가 실직한 이유보다 곡 이름이 더 궁금하다.

"두 달째다. 차 팔고 이 트럭 샀다. 엄마에게는 내일 말할 거니까 며칠 동안 엄마 심기 건드리지 마라. 드럼 이야기는 꺼내지도 말고."

팝송을 부른 가수 이름이 기억 날 듯 말 듯. 아, 누구였더라? 비가 퍼부어 댄다. 허겁지겁 차창을 닦아 대는 와이퍼를 따라가느라 눈이 팽팽 돈다.

"밀린 레슨비 냈다. 하고 싶을 때까지 해 봐라."

나는 무릎을 탁 쳤다.

"맞다. 롤링스톤스, 믹 재거!"

아빠는 내 뒤통수를 냅다 때렸다.

"얌마, 심각한 이야기는 심각하게 좀 들어라."

아빠 손에는 스틱이 들려 있다. 또 내 걸로 내가 맞았다.

아빠는 내일부터 트럭을 넘긴 아저씨 도움으로 대형 시장에서 과일을 떼어 다 트럭에서 파는 일을 하기로 했다고 한다.

"일 좀 시키려고 했더니, 하필 발을 다쳐서."

"유리는 아빠가 깼잖아. 드럼도 못 치고 야자까지. 아~, 이게 뭐야?"

"얌마, 누구 때문에 오버했는데!"

한동안 말이 없던 아빠가 한마디 했다.

"과일 장사 하는 아빠도 꼭 써먹을 날이 있을 거다. 필요할 때 불러라."

'과일 장사'라는 말에 아빠 실직이 실감났다. 아빠는 급브레이크를 자주 밟았다. 아빠에게는 중고 트럭에 적응할 시간이 필요했다.

오른쪽 다리와 연습 패드를 대신해 주던 목발에서 2주 만에 벗어났다. 그동안 아빠와 나는 다시 한 세트가 되어 소나기처럼 퍼붓는 엄마 잔소리를 견뎌야 했다. 건욱이는 체육관으로 갈지 학교에 남을지 결정할 때까지 과일 트럭에서 시간을 때우기로 했다. 아빠는 힘 쓸 줄 아는 놈이라며 건욱이를 마음에 들어 했다.

종례 시간에 김 가이드가 올해 대학별 수시 모집 요강을 가지고 와서 칠판 옆에 붙였다.
"내년을 위해 참고해라. 1년 후에는 우리 모두 이 종이를 후벼 파야 할 거다."
이어 김 가이드가 목소리를 가다듬고 아침 조회 때 마치지 못한 말을 했다.
"그래서, 멈추는 건 사막 한가운데가 무덤이 된다는 뜻이다. 무조건 대학은 가고 나서……."
"사막에 가 보셨어요?"
나는 김 가이드 말을 잘랐다. 더 이상 들어 줄 수가 없다.
김 가이드가 숨을 '흡' 들이마신다. 입술에 침을 바르고는 눈알을 이리저리 굴린다. 아이들이 김 가이드 대답을 기다린다.
"오아시스는 가 보셨어요?"
김 가이드 눈이 목표물인 나를 조준한다.
"야, 사막엘 가야 오아시스도 가지."

누군가 한 말에 아이들이 키득거렸다.

"오아시스가 아니고 신기루면 어떡해요? 고딩 땐 수능 시험, 대학 가면 취직 시험, 취직하면 승진 시험. 어디가 오아시스예요?"

이왕 찍힌 거, 가이드를 물고 늘어졌다.

"신기루! 하아! 그 생각은 못했네."

또 다른 누군가 말했다. 얼굴이 벌겋게 달아오른 김 가이드가 내 앞으로 걸어와 들고 있던 스틱 지휘봉을 허공에 휘둘렀다. 스틱이 휙휙 바람을 가르는 소리를 냈다. 아이들이 핸드폰을 꺼내 들었다. 가이드 목소리가 떨린다.

"넌 내일 0교시에 상담이다."

"이제 0교시 안 할 건데요. 자율이잖아요."

"자율? 그건 성적이 되는 놈에게 해당되는 거야. 내일 안 오면 이런 꼴 난다."

김 가이드가 지휘봉 스틱 끝을 양손에 잡고 허벅지에 내리쳤다. 스틱은 꿈쩍도 하지 않는다. 가이드가 다시 한 번 스틱을 허벅지에 쳤다. 스틱은 여전히 그대로다. 웃음을 참는 소리가 들린다. 가이드 입에서 욕설이 나온다. 가이드가 스틱을 교실 벽에 비스듬히 세우고 발로 내리친다. 스틱이 우두둑 부러진다. 나는 벌떡 일어났다.

"돌려준다면서요?"

가이드가 스틱을 걷어차고는 교실을 나갔다. 손이 부르르 떨렸다.

"담임, 사막 구경도 못한 거 아니야?"

구경거리를 놓친 아이들이 아쉬워하며 저녁을 먹으러 갔다. 부러진 스틱이 아이들 발에 밟혔다.

오아시스를 한 번도 보지 못한 가이드라면, 내가 찾은 오아시스를 보여 주면 된다. 과일 장수 아빠가 필요하다.

야자가 시작되었다. 나는 비어 있는 창가 자리로 옮겨 앉았다. 당장 박차고 나갈 것 같던 내가 문에서 멀리 떨어진 창가로 자리를 옮기자 담임은 입꼬리를 올려 승리의 미소를 지었다.

운동장 한가운데 트럭이 섰다. 운전석에서 내린 아빠가 3층을 올려다보고는 교문을 나갔다. 나는 허리 뒤춤에 스틱을 꽂고 교복 윗도리로 덮었다. 가이드가 휴지를 들고 엉거주춤 걷는 나를 무심히 쳐다봤다.

저녁 7시. 운동장은 환하지도 어둡지도 않다. 늦봄까지 불던 황사가 걷히고 초여름 더운 바람이 분다. 트럭 짐칸에는 드럼과 스피커가 세팅되어 있다. 운전석 옆에 타고 있던 건욱이가 확성기를 건네줬다. 나는 트럭 짐칸 위로 훌쩍 뛰어올랐다. 상처가 아물고 있는 발바닥이 찌르르하다.

"아! 아! 오늘도 야자 하느라 고생 많다. 야! 거기 2학년 3반! 돌팔이 가이드 쫓아가는 2학년 3반! 내가 찾은 오아시스를 맛봐라."

열린 창문으로 얼굴이 몰려들었다. 스틱으로 트럭 운전석 창문을 두드리자, 건욱이가 음악을 틀었다.

롤링스톤스 50주년 기념 음반에 수록된 신곡 'Doom And Gloom'이 스피커에서 나온다. 트럭을 처음 타던 날 들었던 노래였다. 스네어 드럼과 헤이헷으로 시작했다. 풋페달을 밟는 오른발에 옅은 통증이 왔다. 목발을 치며 연습했던 곡을 드디어 드럼으로 연주하는 순간이다.

데뷔 때부터 세상을 향해 삐딱한 메시지를 쏟아내던 롤링스톤스가 50년째 굴러가고 있다. 돌이라도 다 같은 돌이 아니다. 계속 구르고 나아가는 거라면 돌이라도 멋지지 않은가! 남들과 똑같이 살지 않아도, 불량하다고 손가락질받아도 어깨를 들썩이며 삶을 즐길 수 있다고 롤링스톤스가 보여 주고 있다.

나는 가이드가 이끄는 행렬에 끼고 싶지 않다. 이대로 행렬을 이탈해도 충분히 즐겁고 자유로울 수 있다.

어둑한 빈 운동장을 드럼 소리가 채웠다. 어느새 아이들이 트럭을 에워쌌다. 건욱이가 트럭 바닥에 앉아 수박을 두드린다.

한 곡은 너무 짧다. 노랫소리가 잦아들자 트럭이 움직이기 시작했다. 건욱이와 나는 휘청거리다가 중심을 잡았다. 아이들이 교복 넥타이를 머리 위로 흔들며 트럭을 따라온다. 불이 켜진 3층 교실 창가에 가이드가 서 있다. 아빠는 속력을 높여 교문을 빠져나갔다.

건욱이가 소리쳤다.

"어디로 가?"

"생각해 봐야지. 시간 많잖아."

나는 세상 밖으로 떨어지지 않게 양손으로 드럼 스탠드를 꽉 잡았다.

:: **작가의 말**

고딩 시절, 친구 K는 손재주가 남달랐다.

재능을 키울 수 있는 꿈이 있고, 꿈을 실행할 수 있는 여건을 가진 친구가 나는 마냥 부러웠다. 아마도 난, 꿈은 있었지만 실력도 여건도 배짱도 모자랐던 것 같다. 학교에서 상도 받고 학원에서 실력도 키우며 열정을 보이던 K가 어느 날 모든 걸 덮어 버렸다. 나름대로 이유가 있었지만 K를 이해할 수 없었다. 왜 더 견뎌 보지 않은지, 왜 더 부딪혀 보지 않은지 안타까웠다.

성인이 된 후, 이런저런 일로 방황하던 K는 결국 포기했던 일을 하기 위해 다시 공부를 시작했고, 어느 날 일인 회사를 차리고 첫 계약을 따냈다며 전화를 했다. 그 당시 K는 늘 투덜거렸지만 어딘지 모르게 들떠 있었다. 돌이켜 보면, K는 그때가 가장 밝고 활기찼던 것 같다. 온전히 K 스스로가 빛을 뿜어내던 시기였다. K 자신도 그 밝음을 몰랐을 거다.

현제 이야기를 쓰면서 소식이 끊긴 K를 자주 떠올렸다. 여전히 신 나게 분주한지, 아직도 탁월한 안목에 태클을 거는 고객을 누군가에게 미주알고주알 일러바치는지, 기어이 꿈을 이루었는지.

아이들이 마음속에서 사부작거리는 소리에 귀를 기울여 보았으면 한다. 그 소리가 오래도록 불씨를 품고 머물러 있다면, 그건 놓치지 말아야 한다. 먼 길을 돌아온 K처럼. 그리고 더 먼 길을 돌아온 나처럼.

나는 가슴속 불씨를 외면하지 않은 현제에게 엄지손가락을 치켜들어 말해주고 싶다.

"짱!"

물론, 겨울에 만난 Drummer 훈이에게도 말이다.

은이결

대학에서 경영학을 배웠다. 한겨레 아동작가교실로 글쓰기 공부를 시작했다. 〈전사 미카엘라〉로 제11회 푸른문학상 '새로운 작가상'을 수상했다. 웹진 '푸른작가' 2013년 11월 호에 〈이럴 땐, 매운 맛〉을 발표했다.

이경화

나우

전철에서 내려 빠르게 계단을 올라갔다. 역사에서 벗어나자 완전히 다른 공기가 온몸을 덮쳐 온다. 아, 정말 춥다. 모자를 푹 눌러썼는데도 손을 대면 꼭 쥐어질 것만 같은 하얀 입김이 퐁퐁 솟아오른다. 가판대는 이미 설치되어 있었다. 미안한 마음에 서둘러 달려갔다.

"나우!"

제일 먼저 반겨 주는 사람은 역시 클로이. 나이기 때문이 아니라 사람 좋아하는 성격이라 그렇다. 보자마자 숨 막히게 껴안는다.

"너무 추워. 벌써 추워."

"서명받아야지."

먼저 떨어지는 법이 없는 녀석이니, 내가 먼저 밀어냈다.

"응, 서명받아야지."

클로이는 아쉬운 듯 대답하고는 소매로 콧물을 쓱 닦는다.

그때도 지금처럼 칼바람이 불었다. 어쩌면 옷차림도 같을지 모른다. 내가 가지고 있는 옷 중 가장 두껍고 가장 따뜻한 것만 골라서 껴 입었다. 기모 청바지에 엉덩이를 가리는 오리털 파카, 두꺼운 털실로 촘촘하게 떠 나간 동그란 털모자, 털목도리, 털장갑에 털이 잔뜩 들어간 어그부츠까지. 사진을 찰칵 찍었을 때 날짜가 적혀 있지 않다면 2012년의 나인지 2013년의 나인지 알 수 없을 것 같다.

서울학생인권조례가 통과되어 시행된 지 1년이 채 되지 않았다. 정확히 말하면 8개월이다. 시행이라는 말은 좀 민망한데, 강제성이 없어 고작 열 학교 중 한 학교만 조례를 지켰기 때문이다. 그런데도 언론은 학생인권조례가 학생들을 다 망치고 있다는 보도를 연일 해댔다. 그리고 새로이 당선된 교육감은 선거 운동 중에 학생인권조례부터 대대적으로 뜯어고쳐야 한다더니, 가장 중요한 항목인 체벌 금지와 두발 자유 폐기안을 발표한 것이다.

체벌 금지와 두발 자유.

내가 대안학교인 사이 고등학교로 진학한 이유이자 청소년 활동가 조직인 나비청에 가입하여 전교조 선생님들과 시민 단체 활동가들을 도와 서명운동에 참가한 이유이기도 하다.

"너희가 그런다고 뭐가 달라지냐?"

나비청 활동을 하면서 가장 많이 듣는 소리다. 부모님이나 학교 선생님, 반 친구들은 물론이고 나를 모르는 낯선 사람들도 종종 그렇게 말하거나 혼낸다. 결론은, 달라지는 건 없다. 사회 제도나 법을 두고 그런 말을 한 거라면 말이다. 우리는 미성년자라는 이유로 서명조차 하지 못했다. 그래도 조례안이 국회에 상정될 수 있었던 건 청소년 활동가들 덕이었다.

2012년에는 학생인권조례안을 국회에 상정하기 위해 서명운동을 했는데 지금 2013년도에는 학생인권조례안 폐기에 반대하는 서명운동을 하고 있다. 기가 막힌 일이다.

"학교는?"

클로이는 코맹맹이 소리로 물었다.

"생리 휴가 냈어."

"아우, 여자들은 좋겠다."

"생리 휴가 주는 학교가 좋은 거지."

"그런가?"

고개를 갸우뚱하며 배시시 웃는다. 목도리를 풀어 클로이의 목에 둘러 줬다.

이 추운 날 가죽점퍼라니 무슨 생각일까? 머리는 닭 벼슬처럼 왁스로 잔뜩 추켜올렸다. 귀가 새빨갛다. 목도리를 잡아당겨 귀를 덮어 주었다.

"고마워."

클로이는 흐르는 콧물을 다시 한 번 쓱, 닦고는 만족스러운지 활짝 웃는다.

가판대에는 피안들, 버블릭이 있다. 우리는 서로의 본명을 알고 있지만 부르지 않는다. 혹시라도 기자들에게 이름이 알려지면 신문 같은 데 사진이 실렸을 때 "제가 아니에요!"라고 우길 수 있는 근거가 희박해진다. 그렇다, 우리는 때로 선생님들한테 불려 가 범죄자 취급도 받는 것이다. 죄명은 학교 망신이다.

"나우가 왔다!"

외치는 녀석은 피안들이다.

"그럼 난 피켓을 들겠어."

서명운동을 할 때는 서명받는 사람이 필요하다. 하지만 역시 싫다는 사람을 억지로 시킬 수는 없다. 피안들처럼 얼굴이 드러나는 일을 좋아하는 사람은 그런 일을 하면 된다. 피안들은 청소년 인권을 위한 집회가 열릴 때는 마이크 들고 발언을, 오늘처럼 가판대를 세우는 날에는 피켓을 흔들며 구호 외치는 걸 좋아한다. 처음에는 부럽기도 했지만, 그럴 일은 아니었다. 나는 보이지 않는 곳에서 몸으로 때우는 게 적성에 맞는 사람이었던 것이다.

"나우가 왔으니 오늘 할당량은 문제없겠어."

그렇다. 나는 다른 친구들이 가장 싫어하는 일 즉, 서명받는 걸 가장 잘한다.

피안들은 피켓을 흔들며 서명에 동참해 달라고 외치기 시작했다.

"나이가 적다고 누리지 말아야 할 권리는 없어요!"

"차라리 꽃으로 때려 주세요!"

"가장 인권적인 것이 가장 교육적인 것입니다!"

역시 지난번보다 많이 누그러졌다. 우리는 권력이니, 저항이니, 쟁취니 이런 말은 빼기로 했다.

버블릭은 가판대를 정리하며 서명 용지를 건네주었다.

"가끔 미성년자한테도 받아."

왜? 라는 말을 꿀꺽 삼킨다. 이상하게 버블릭 앞에만 서면 쪼그라드는 기분이다. 상당히 불친절한 녀석이다. 그런데 똑똑하기로는 최고다. 버블릭이 의견을 제시하면 그 과정이야 어떻게 진행되든지 간에 결론적으로는 받아들여진다. 중간에 이의를 제기하는 사람이 있기는 하지만 결국에는 버블릭의 제안을 끝까지 이해하지 못하거나 버블릭의 비상한 두뇌와 비교되는 설움을 맛보게 된다. 버블릭은 현재 나처럼 고등학교 2학년인데 자퇴를 고민 중에 있다. 학교에서는 인권 운동을 할 수 없다는 게 그 이유다. 버블릭은 진짜 청소년 활동가인 것이다.

"뭐?"

버블릭의 눈과 입이 묻는다. 나는 몸이 먼저 반응하여 아무 일도 아니라는 뜻으로 고개를 저었다.

"미성년자한테 받은 서명은 어차피 버리잖아, 근데 응? 왜?"

물은 건 피안들.

"그게 바로 운동이라는 거다."

버블릭은 귀찮다는 듯이 대답했다.

"서명이 소용없는데두?"

"운동 차원으로 하는 거라니까!"

결국 버럭 소리를 지른다.

나는 서둘러 가판대를 떠났다. 버블릭이 처음부터 불친절했던 건 아니라고 한다. 나는 고등학교 1학년 때부터 활동을 시작했다. 버블릭이 처음 청소년 인권 활동을 시작한 건 중학교 2학년 때라고 하니 벌써 몇 년째인가. 그동안 일제고사 폐지 운동과 학생인권조례 통과를 위한 운동을 큰 축으로 교과부 항의 방문부터 크고 작은 집회와 언론 노출을 위한 기자 회견 및 토론회까지. 그 중심에는 늘 버블릭이 있었다.

버블릭도 2008년 촛불 집회 이후 활동가가 되었지만 그 당시 상당히 많은 아이들이 조직되었던 건 사실이다. 조직당하기를 갈망하던 많은 청소년들은 조직이 없다는 것을 알고 스스로 조직을 만들었다. '나비청'도 촛불 때 만들어진 조직이다. 나비청의 전신은 '불온한 청소년'으로 '불청'이라 불리었는데 언론에 노출되면서 이미지 관리상 그렇게 바꾼 것이다. 나비청은 정해진 뜻은 없다. 각자 생각하기 나름이라는데, 하늘을 날아다니는 나비를 떠올려도 좋고 나를 ME로 해석해서 이 사회가 청소년에게 요구하는 온갖 것에 아님을 뜻하는 '비(非)'를 붙일 수도 있다. 아무튼 나비청이다. 나비청이 자라면 나비인이 된다. 이 나라에서 청소년은 인간으로 취급되는 것 같지 않으니까. 머리 모양 하나 원하는 대로 하지 못하고 말귀를 못 알아먹으니 매로 다스려진다.

촛불 이후 청소년들은 다시 학교에 복귀했기 때문에 나비청의 회원도 급격하게 줄어들어 활동 또한 전무했는데, 그런 나비청을 지금의 모습으로 되살려 놓은 사람이 버블릭이라고 들었다.

어쨌거나 버블릭이 친절하다는 건 상상이 되지 않는다. 스킨

십 좋아하는 클로이조차 버블릭 주위에는 얼씬대지 않는다. 슬쩍 안기려 드는 클로이에게 버블릭이 버럭 소리를 지른 다음부터 말이다. 다른 사람이 클로이에게 그랬다면 어땠을까? 동성애자 차별한다고 한 소리 들었을 게 틀림없다. 버블릭은 여자건 남자건 신체 접촉하는 걸 끔찍하게 싫어한다. 일관성이 있으니 할 말이 없다.

학생인권조례 폐지 반대안이 다시 국회에 상정되려면 유권자의 1퍼센트, 8만2천 명의 서명을 받아야 한다. 하지만 조례 제정 청구에서 무효로 판정되는 서명이 늘 10퍼센트 안팎인 것을 고려할 때 1퍼센트를 훌쩍 넘겨야 한다. 오늘의 목표는 200명, 오전 11시부터 저녁 7시까지 여덟 시간, 과연 채울 수 있을까?

역시 홍대라, 점심시간이 아니더라도 왕래하는 사람이 많다. 역사는 사람들을 끊임없이 올려 보내고 있다. 하지만 이 많은 사람들 중 서명을 해 주는 사람은 많지 않다. 나는 이제 아무나 붙들고 서명해 달라고 하지 않는다. 나이 든 사람들은 일단 피한다. 남자도 실패할 확률이 크다. 나이가 어릴수록 성별이 여자일수록 서명을 잘 해 주는데 십 대 여학생들에게 서명 용지를 내밀었을 때 성공 확률 99퍼센트이다. 미성년자라는 이유로 서명이 의미가 없는 것이 안타까울 뿐이다.

나는 막 역사 위로 올라오는 한 여자 분에게 접근했다. 눈이 마주치자 웃는다. 아, 첫 번째 서명인을 찾았다! 옆으로 바짝 붙어 함께 걸으면서 말했다.

"학생인권조례안 폐지 반대 서명받고 있는데요."

여자분 더 활짝 웃는다.

"여기다가 서명 좀 해 주실래요?"

"닛뽄 닛뽄."

참 밝게도 대답한다. 그래, 홍대에는 외국인도 많다. 살짝 목례를 하고 마침 앞을 지나가는 젊은 남자 분에게 말을 걸었다. "저기요, 학생인권"까지 말했는데 손사래를 치며 지나간다. 아, 시작이 좋지 않다.

패스트푸드점 근처로 걸음을 옮겼다. 친구를 기다리는지 주위를 두리번거리는 여자 분에게 다가가려는데, 이번에는 말을 꺼내기가 무색하게 얼굴을 돌리며 대꾸한다.

"인천 인천."

그래, 홍대에는 서울에 살지 않는 사람들도 많다. 다시 가벼운 목례를 하며 살짝 웃었다. 상대를 위해서 웃는 게 아니라 나를 위해서 웃는 것이다. 아무렇지도 않아, 하고 스스로에게 말해 주는 것처럼 말이다.

건너편으로 클로이가 보인다. 손가락으로 브이 자를 그리고 있다. 두 명 했다는 뜻이다. 나는 두 팔을 올려 영을 그려 보였다. 하트로 착각했는지 자신도 두 팔을 들어 올려 하트를 만들고는 히죽 웃는다.

클로이도 학교에 다니지 않는다. 자의 반, 타의 반, 아웃팅을 당하면서 집단 따돌림을 겪었다.

"너무 끔찍했어."

클로이는 커다란 두 눈에 눈물이 그렁그렁해서 말했다. 말하기 좋아하는 녀석이지만 자신이 무슨 일을 겪었는지 절대 얘기하지 않는다. 우리도 물어보지 않았다. 클로이는 나비청 외에 남자 동성애자 인권 단체에서도 활동하고 있다. 앞으로는 무슨 일을? 누군가 물어보면 말한다. 아직은 치유가 더 필요하다고. 세상에 나가기에는 자존감이 더 필요하다고. 더 많은 사람들이 자기를 안아 주어야 한다고.

비어 있는 서명 용지를 내려다보고 있자니 나야말로 자존감이 팍팍 내려간다. 부지런히 걸음을 놀렸다. "학생인권조례안 폐지 반대 서명을 받고 있는데요"를 한 열 번쯤 했을 때 아저씨 한 분이 펜을 들었다.

"학생이 수고가 많네."

상냥하기까지. 나도 친절하게 말했다.

"네, 감사합니다. 근데 주민등록번호도 써 주셔야 해요."

뜨악하게 쳐다본다.

"그래야지 서명으로 인정되거든요."

"그건 아니지. 뭘 믿고 주민번호를 가르쳐 줘?"

"네?"

"그것만 내도 된다, 얘야."

아저씨는 재빨리 자리를 떴다. 서명도 못 받고 애, 라는 소리까지 들으니 뚝 떨어진 자존감이 자꾸 눈물이 되려고 한다. 다시 걸음을 옮기는데 내가 가는 곳마다 마치 홍해 갈라지듯 사람들이 브이 자로 피한다. 걸음을 멈추었다. 오기를 부릴 때가 아니다. 양말을 두 켤레나 신고 부츠까지 신었건만 발은 시베리아다.

12시. 대학생들이라면 서명을 해 주지 않을까, 홍익대학교 쪽으로 방향을 틀었다. 거리를 지날 때마다 향긋한 커피향이 풍겨왔다. 통유리 너머는 아주 따뜻해 보였다. 유혹에 넘어가지 않기 위해 빨리 걸었다. 홍대에 가까이 가자 젊은 사람들이 많아지기 시작했다.

숨을 크게 쉬고 다시 서명을 받기 시작했다. 한 다섯 번쯤 서명 용지를 들이밀었을 때 언니 같은 여자 한 분이 서명을 해 주었다.

"감사합니다."

200명을 목표로 하는 오늘의 첫 번째 서명이다. 기운을 차려야 한다. 오늘 같은 날 대개의 커플은 포개어져서 다닌다. 역시 그런 커플에게 서명 용지를 들이밀었다.

"바빠요."

남자는 신경질적으로 대꾸하며 팔짱을 풀지 않은 채로 여자를 끌었다.

"바쁘면 먼저 가."

여자는 팔짱을 풀며 다른 손으로 남자의 어깨를 살짝 밀치더니 내게 눈을 마주쳐 왔다. 그 눈이 반짝, 빛났다. 일부러 그러는 건지 아주 천천히 또박또박 서명란을 채운다. 남자는 고개를 외로 꼬고 잔뜩 인상을 썼지만 한 마디도 못했다.

서명은 점점 탄력을 받기 시작했다. 발 시린 줄 모르고 서명을 받고 있는데 핸드폰이 울렸다. 클로이다. 함께 밥을 먹기로 한 게 2시였는데 벌써 1시 50분이다. 서명한 사람들을 세어 보았다. 24명. 이런 식이라면 저녁 7시를 넘겨야 한다.

가판대로 가면서도 계속 주위를 두리번거렸다. 느긋하게 걸어 다니는 사람이 없다. 다들 추운 날씨를 피하기 위해 종종 걸음을 치고 있다. 서명을 해 달라고 하기에도 참 미안한 날이다.

가로수 옆에는 네다섯 명의 아저씨들이 동그랗게 모여 있었다. 담배 피우는 몇 사람을 기다려 주는 모양이었다. 한두 사람과 눈이 마주친 듯도 했지만 서명은 받지 않을 생각이었다. 오십 대 이상 아저씨들은 몰려 있을 때 더 서명을 해 주지 않는다. 막 그 옆을 지나가려던 때였다.

"어이, 학생."

부른다.

"네?"

라고 밖에 할 말이 없다.

"서명받는 거 아니야?"

아저씨 1.

"전철역 앞에서 받는 그 서명이지? 인권조례인가 뭔가 하는."

"그게 아니라 인권조례 없애는 걸 반대하는 서명이지."

아저씨 2.

"그게 그 소리지."

"왜 우리한테는 서명 안 받아?"

아저씨 3.

나는 떨어지지 않는 발을 억지로 움직여 아저씨들 앞에 섰다.

"학생이지?"

왜 아저씨들은 항상 예외가 없을까? 버블릭이라면 가만히 있지 않았을 것이다.

"어따 대고 반말이야? 아저씨는 직장인이야? 어느 직장 다녀?"

이렇게 말하는 걸 그동안 숱하게 봤다.

"어느 학교 학생이야?"

왜 안 물어보나 했다.

"곱상하게 생긴 아가씨가 추운데 왜 이런 걸 하고 있어?"

이런 걸?

"우리가 서명해 줄까? 그래야 빨리 끝날 거 아니야."

구걸하는 느낌이 들게 하는 놀라운 재주까지.

"서명을 해 주긴 하는데, 왜 체벌에 반대하는지 한번 설명해 보지."

"요즘 세상 많이 좋아졌어."

"그러니까 애들이 약해 빠져 가지고 그렇게 자살하는 거 아니야."

"지금 생각해 보면 때리는 선생님들이 진짜 스승이었지. 진짜 제자 아끼는 스승이었어."

"다시 군사 정권 때로 돌아가야 정신들 차리지."

아저씨 1, 2, 3, 4, 5.

나는 가벼운 목례를 하고 걸음을 옮겼다.

"학생, 서명 안 받아?"

하는 소리는 차가운 겨울바람과 함께 매섭게 볼을 때리고 흩어졌다. 정도가 더하거나 덜할 뿐, 서명을 받을 때 한 번 이상은 겪는 일이다. 가볍게 무시하는 것이 가장 좋은 방법이라는 걸 터득하기까지 시간이 좀 걸렸다.

처음에는 아무 말도 나오지 않아 그 자리에서 울음을 터뜨린 일도 있다. 어쨌거나 나이 많은 사람들이 막 다그치면 서러운 법이니까. 논리적으로 따진 일도 있다. 사람을 매로 다스린다는 것이 얼마나 비인간적인가요, 언젠가 체벌을 당한 학생 하나가 고막이 터진 일도 있었잖아요, 체벌은 신체적인 아픔도 아픔이지만 정신적으로 굴욕감을 안겨 주기 때문에 자존감이 낮아집니다, 등등.

몇 번이나 심호흡을 해도 두근거리는 가슴은 진정되지 않았다. 대처 방법이 달라졌다고 해도 펀치를 맞은 건 맞은 거니까.

다행히 가판대에는 사람들이 북적이고 있었다. 피안들과 버믈릭은 한 번도 쉬지 않고 스피치를 했을 것이다. 추워서 발을 동동거리고 있는 클로이를 보자마자 이번에는 내가 먼저 껴안았다. 아, 정말 치유가 필요하다.

"힘들었구나."

클로이는 으스러져라 안아 주었다. 몸이 좀 따뜻해 오자 장난기가 발동해 춤을 추는 것처럼 뱅글뱅글 맴돌기 시작했다. 홍대는 여전히 사람들이 많고, 하늘은 맑고, 가판대에서 허리를 잔뜩 구부리고 서명해 주는 고마운 사람들이 있고, 피안들은 꽤 지쳐 보이고, 역사는 갈 곳 있는 사람들을 계속 올려 보내고, 버믈릭이 쳐다보는 눈길은 왠지 기분 나빴다. 걸음을 멈추었다.

"빨리 밥 먹고 와서 교대해."

순간 얼굴이 확 달아올랐다. 아무렇지도 않은 클로이만 싹싹하게 대꾸했다.

"알았어. 잽싸게 먹고 올게."

우리는 패스트푸드는 먹지 않는다. 활동가로 지내면서 부쩍 건강에 신경을 쓰고 있다. 몸으로 때워야 하는 일은 정말 많다. 한 번 집회를 하려면 서너 시간에서 많게는 열 시간 넘게 거리에 있어야 한다. 여름에는 더워서 힘들고 겨울에는 추워서 힘들다. 지난번 교과부 항의 방문을 갔을 때는 한겨울이었는데 차가운 콘크리트 바닥에 한 시간이나 앉아 있어야 했다. 방석 같은 걸 깔고 앉고 싶지만 아무도 그렇게 하지 않으니까 나도 참을 수밖에 없다. 집회를 하기 전에는 각자 몇 개 학교를 맡아서 집회에 참석해 달라는 전단지도 뿌려야 하는데 방과 후 지도를 하는 선생님들에게 쫓겨나는 일도 있다. 학교를 찾는 일도 만만치 않다. 나는 그냥 택시를 타고 기사 아저씨한테 데려다 달라고 하고 싶지만 아무도 그렇게 하지 않으니까 나는 또 할 수 없는 것이다. 이유는 간단하다. 아이들은 돈이 없다.

"내가 살게. 맛있는 거 먹어."

클로이는 눈을 빛냈다.

"그럼, 된장찌개에 공깃밥 추가."

"뚝배기 불고기 먹어도 되는데."

"그럼 뚝불. 고마워, 친구야. 넌 뭐 먹을래?"

"난 된장찌개."

우리는 마주보고 웃었다. 게이여서 그럴까, 아니면 그런 사람이 클로이인 걸까? 단 한 번도 클로이가 느끼하게 생각된 일이 없다.

"왜 이렇게 춥게 입고 나왔어?"

클로이의 왁스 머리를 손으로 매만져 주며 물었다.

"멋있게 보이려고."

클로이의 진심이다.

"그래야 서명을 더 많이 받을 수 있잖아. 어후, 근데 막 후회돼. 너무 추워서."

밥이 나오자 클로이는 환한 얼굴로 박수를 쳤다. 그러고는 허겁지겁 먹는다. 클로이는 밥 먹을 때도 말을 쉬지 않는다.

"근데, 나우. 그거 알아? 너 처음 나비청 들어왔을 때 애들이 내기했다."

"무슨?"

"얼마 만에 나갈까? 근데 버블릭이 한 달이라고 했잖아. 나는 6개월이라고 했다."

"제일 길게 말한 사람이 누군데?"

"나."

클로이는 자랑스럽게 웃었다.

"근데 나비청에서 너처럼 부지런한 사람이 어디 있어? 우리가 완전 사람 잘못 본 거지."

"나야 시간이 되니까."

이제는 이렇게 대답한다.

처음, 나비청에 들어가 자기소개를 했을 때 아이들 얼굴에 떠돌던 묘한 표정은 아직도 생생하다.

사이고등학교에 다닌다는 건 어른으로 치면 명함 같은 것이다. 부모님께 고등학교는 사이로 가겠다고 했을 때 만류가 적었던 이유를 나는 나중에서야 알았다. 사이는 대안학교면서도 서울대 입학률이 꽤 높았던 것이다. 전국에 있는 대안학교 중에서 가장 등록금이 비싸고 서울대 입학률이 가장 높은 사이에는 국회의원 자녀도 있고 대기업 회장 손자, 손녀도 있다. 어쨌거나 사이는 우리 집에서 가장 가까운 대안학교이고 그것이 내가 사이를 선택한 이유였다.

물론 3학년이 되면 다른 자사고와 다름없다는 이야기가 있지만 2학년 때까지는 대안학교 꼴을 가지고 있어 나비청 활동을 NGO 활동으로 인정해 가산점까지 부여한다. 그런 대안학교가 사이 말고도 꽤 있어 방학 때면 할당 점수를 채우기 위해 나비청에 드나드는 아이들도 있다. 물론 가산점은 활동을 많이 한다고 많이 주는 건 아니다. 내가 하고 있는 활동 중 5퍼센트면 충분하다.

2학년이 되자 선생님들은 물었다.

"활동을 이렇게 열심히 하는 이유가, 혹시 입학사정관제로 대학 갈 거니?"

그렇다, 나는 그런 오해도 받고 있다.

밥을 먹고 난 후 우리는 서둘러 가판대로 갔다.

피안들과 버블릭은 팔짱을 끼고 잔뜩 인상을 쓰고 있었다. 주변이 상당히 번잡스럽다는 느낌이 들어 살펴보니, '예수 천국 불신 지옥'이라고 쓴 십자가를 어깨에 멘 늙수그레한 아저씨 한 분이 일장 연설을 늘어놓고 있었다. 가판대와의 거리는 1미터 정도였다. 역사 앞에서는 아주머니 한 분이 분주하게 전단지를 나눠 주고 있었는데, 한 사람 한 사람에게 다짐을 받듯 눈을 마주치며 쉴 새 없이 외친다. 예수 예수 예수 예수 예수…….

"밥 먹고 와. 우리가 열심히 스피치할게."

클로이가 말했다.

"스피치하지 마."

버블릭.

"의미를 알 수 없는 소리는 소음이야."

그리고 피안들이 말했다.

"저 불신 지옥 아저씨 목청이 너무 좋아서 우리가 못 이겨. 말이 자꾸 꼬인다니까."

버블릭은 자리를 뜨며 말했다.

"즈믄밤하고 에반 오면 가판대 넘겨주고 서명받으러 가."

나는 고개만 끄덕이고,

"걱정하지 마. 밥 맛있게 먹고 오래오래 쉬다가 와."

클로이는 상냥하게 말했다.

"아, 또 추워지려고 해."

클로이는 콧물을 들이마시더니 뒤에서 나를 꼭 껴안았다. 기어코 기침을 한다.

"모자를 쓰면 어떨까?"

"절대 안 돼. 머리 세운 거 완전 멋있는데 다 찌그러지잖아."

"그럼 마스크라도 사 올까?"

"그것도 안 돼. 내가 너무 잘생겨서."

등 뒤로 클로이가 히죽 웃는 게 느껴진다. 어깨를 꽉 붙들고 있는 클로이의 손을 토닥토닥하는데 어째 기분이 좀 이상했다. 불길한 기운이 느껴지는 쪽으로 고개를 돌리니 불신 지옥 아저씨가 우리 쪽을 노려보고 있었다. 고개를 갸웃하는데, 아저씨는 더 이상 참지 못하겠다는 듯이 성큼성큼 다가왔다. 뭐라고 계속 중얼거리던 말은 이것이었다.

"육체적 쾌락에 빠진 어리석은 영혼아, 종말이 얼마 남지 않았다. 회개하라."

아저씨는 우리 앞에 우뚝 서더니 진짜 악마를 쫓는 것처럼 십자가를 높이 쳐들었다.

"사탄아 물러가라! 사탄아 물러가라!"

클로이는 순간 나를 더 꽉 끌어안더니 속삭였다.

"아우 짜증 나. 어른들은 왜 만날 반말이야. 존댓말 쓰면 좀 좋아. 그치, 나우?"

아저씨는 십자가를 휘휘 저으면서 점점 더 다가왔다.

"떨어져라, 떨어져라!"

커다란 몸동작, 폭풍 성대가 만들어 내는 놀라운 목소리 때문에 사람들이 힐끔거리기 시작했다. 나는 살짝 클로이를 밀어냈다.

"싫어 싫어. 안 떨어질 테야. 저러면 더 오기가 생긴단 말이야."

클로이가 팔에 힘을 주어 목이 졸려 왔다. 사람들은 이제 대놓고 우리를 쳐다보기 시작했다. 불신 지옥 아저씨와 한 몸으로 붙은 우리는 시선을 돌릴 필요도 없이 한 컷으로 들어올 만큼 가까워져 있었다. 불신 지옥 아저씨는 하얀 입김과 함께 역한 입 냄새를 풍겼다.

설마 했는데, 아저씨는 십자가를 칼처럼 세워 밀고 들어왔다. 클로이는 한 손으로 내 어깨를 쥐고 가볍게 밀어 십자가를 피했다. 마치 웨이브를 추는 것처럼 말이다.

"오우, 예에~."

클로이가 하는 말을 아저씨도 들었을까? 구경하던 사람들이 박수를 치면서 웃었다. 아저씨는 당황한 기색이 역력했다. 다시 십자가를 찔러 왔다. 클로이는 어디서 그런 괴력이 생겼는지 두 손으로 허리를 잡고 나를 번쩍 들어 올려 재빨리 옆으로 옮겼다. 사람들이 환호성을 질렀다. 그리고 우리는 여전히 딱 포개어져서 있었다. 불신 지옥 아저씨 눈에는 후회하는 빛과 망설이는 빛이 뒤섞이기 시작했다.

때마침 즈믄밤과 에반이 도착했다. 불신 지옥 아저씨는 소심한 목소리로 "지옥에 떨어질 지어다. 회개하라, 젊은이들이여."

따위를 외치며 재빨리 도망쳤다.

몰려든 사람들이 꽤 반가웠던 즈믄밤은 즉시 스피치를 시작했고, 에반은 서둘러 서명을 받았다.

"서울학생인권조례 폐지 반대 서명을 받고 있습니다. 조례가 통과된 지 불과 8개월밖에 되지 않았습니다. 하지만 조례를 지킨 학교는 10퍼센트 정도에 불과했습니다. 조례가 있어도 지키지 않는 현실에서 조례가 폐지된다면 어떻겠습니까?"

스피치는 역시 즈믄밤이다.

"학생도 사람입니다. 개성이 있는 사람입니다. 우리는 공장에서 찍어 내는 인형도 아니고 누구의 개도 아닙니다."

개?

"그러니까 우리는 개처럼 사육당하고 있습니다."

사육?

"우리는 인간답게 살고 싶습니다. 우리는 인형도 아니고 개도 아닙니다. 서명에 동참해 주십시오."

어쨌건 스피치는 서명받고 있다는 걸 알리는 게 가장 중요하다. 가판대 주위가 점점 정리되기 시작했다. 우리를 구경하기 위해 모여든 사람은 꽤 많아 서명인 수는 순식간에 늘어났다.

그러는 사이 피안들과 버블릭이 돌아왔다.

"왜 이러고 있어?"

우리는 서명인 수를 세어 보고 있었다.

"클로이하고 나우는 왜 아직도 여기 있어?"

"얘네 완전 쇼했잖아."

에반이 말했다.

"십자가 아저씨하고 한판 붙었어. 덕분에 구경하던 사람들이 다 서명했다. 십자가 아저씨 완전 도와주고 가네."

"다치지는 않았고?"

버블릭은 나를 보며 물었다. 뭐라고 해야 할까, 망설이는데 클로이가 대답했다.

"완전 무서웠어. 나 막 죽는 줄 알았잖아."

두 손을 가슴에 모으고 커다란 눈을 깜빡인다. 불신 지옥 아저씨를 그렇게 간단하게 놀려 먹더니 언제부터 무서웠던 걸까?

"그치, 나우?"

고개를 끄덕이긴 했지만 내 눈은 웃고 있었을 것이다.

"괜찮아, 나우?"

버블릭은 다시 물었다.

"나우는 얼마나 씩씩했는데, 나만 무서웠어."

클로이는 항변했다.

"그래?"

버블릭은 믿지 않는 눈치였다.

"서명인수 72."

즈믄밤이 말했다.

"72?"

버믈릭이 되물었다. 3시 반이었다.

"언제 200을 채워?"

"밤새야 하는 거 아니야?"

"200 채우기 전에 얼어 죽겠다."

우리는 그렇게 툴툴거리다가 결국 말해 버렸다.

"이렇게 고생해서 서명받으면 뭘 해."

"교육감 말 한마디면 원점으로 돌아가는데."

"그리고 지난번보다 서명 더 안 해 줘. 이번에는 정족수도 못 채울 것 같아."

버믈릭은 아무 말 없이 가판대를 정리하기 시작했다.

"어, 어?"

하고 소리친 건 피안들이었다. 피안들이 가리키는 곳으로 시선을 돌렸다. 우리 가판대에서 불과 2미터 떨어진 거리에 가판이 세워지고 있었다. 스케일 자체가 우리와는 달랐다. 일단 가판 크기가 우리 두 배, 가판대 옆으로 2미터가 넘는 바람 인형이 세워지고 있었다. 그리고 커다란 현수막에 씌어진 글귀는 이것이었다.

대한민국을 부유하게 만드는 부국청년단.

부국청년단, 부청도 십 대 청소년 활동가 조직이다. 나비청과 다른 점이 있다면, 눈에 보이는 것과 보이지 않는 그 모든 것이다.

오십 대 이상으로 보이는 아저씨가 네다섯 명의 청소년들에게 지시를 내리고 있다. 부청은 외적으로는 청소년을 내세우고 있지만 권력은 어른들이 쥐고 있다. 청소년들은 그들이 짜 놓은 판에서 꼭두각시놀음을 하는 것뿐이다.

"우아, 쟤네는 노스페이스가 교복인가 봐."

"따뜻해서 열나겠다."

트럭에서 앰프가 내려오고 청소년 1, 2, 3이 피켓을 든다.

매를 아끼는 것은 아이를 망치는 일.

"때려 달란다."

두발 자유 폐지.

"머리꼴들 봐라."

학생은 학생답게.

"오늘 무슨 날이냐?"

버블릭이 물었다.

"만우절."

클로이가 농담을 했다.

"아, 아, 마이크 테스트."

청소년 4가 스피치를 시작했다.

"여러분, 솔로몬 아시지요? 지혜의 왕 아닙니까? 솔로몬이 말했습니다. '매를 아끼는 것은 바로 아이를 망치는 일이다.' 저희 부모님은 매를 아끼지 않으십니다. 저를 매우 아끼기 때문이에요. 얼마나 저를 아끼는지 일주일이 지났는데 멍이 없어지지 않은 일도 있습니다. 저는 맞지 않기 위해 매우 바른생활을 합니다. 맞으면 아프니까요. 가정에서 이렇게 매를 맞는데 학교에서 체벌을 금지시키면 어떻게 될까요? 자유다, 하면서 막 나대지 않을까요? 저는 학교에서도 맞습니다. 저희 학교 선생님들은 학생들을 매우 사랑하시거든요. 저는 학생인권조례안이 통과되어 체벌이 금지되었을 때 얼마나 걱정하였는지 모릅니다. 제가 무질서하게 지낼까 봐요."

"거의 학대 수준인데."

아이들은 돌아가면서 한마디씩 했다.

"신고해야 하는 거 아니야?"

"무슨 블랙코미디 같다."

"이 나라에서 청소년은 노예야."

나도 한마디 했다.

"노예근성이 있어야 착하다는 소리를 듣는 거지."

나비청에 있으면 나는 하고 싶은 말을 할 수 있다.

"우리도 앰프 있으면 좋겠다."

"부청 애들은 저렇게 뛰고 나면 일당 받는다."

"정말? 얼마?"

"글쎄. 왠지 받을 거 같애."

"노스페이스는 완전 부럽다."

"노스페이스 입어서 열나고 좋아서 열나고 열나 좋겠네, 자식들."

시간은 벌써 4시를 넘어서고 있었다.

"아우, 완전 또 오기 생겨."

클로이가 말했다.

"열 받아서 추운 것도 잊었어."

피안들.

"우리도 뭔가 해야 하는 거 아니야?"

즈믄밤.

"작전 회의!"

버블릭이 말했다.

참신한 건 없었다. 그동안 해 왔던 것들, 우리가 할 수 있는 건 결국 몸으로 때우는 거니까.

우리는 일렬로 늘어섰다. 클로이, 피안들, 즈믄밤, 에반, 버블릭, 그리고 나까지 여섯 명은 동시에 소리쳤다.

"여러분"

하도 많이 해 봐서 이제는 마치 한 사람이 말하는 것처럼 박자가 딱딱 맞는다.

"청소년은"

"때려야 말을 듣는"

"짐승이 아닙니다."

"청소년은"

"인간이에요."

"여러분"

"두발 자유는"

"영혼의 자유입니다."

"우리의 영혼에"

"자유를 주세요."

그러고 우리는 춤을 추기 시작했다. 중고 시장에서 5천 원 주고 산 소형 라디오에서 울려 퍼지는 노래에 맞춰 그동안 갈고닦은 칼군무는 아니고 발랄한 문선을 했다. 사람들이 차츰 몰려들기 시작했다. 두 팔을 흔들고 제자리에서 폴짝폴짝 뛰고 가끔은 옆 사람과 팔짱을 끼고 뱅글뱅글 맴을 도는 무용에 가까운 춤이지만 추면 출수록 신이 났다.

문득 나비청 아이들이 나를 두고 했다는 내기가 생각났다. 두

팔로 하트를 만들고 옆 사람과 엉덩이를 맞대는 부분에서 나는 온 몸에 힘을 실어 버블릭 엉덩이에 부딪쳤다. 예상치 않은 공격에 놀란 버블릭이 휘청거렸다. 속이 다 시원했다. 웃음이 나는 걸 들키지 않으려고 고개를 돌리는 바람에 버블릭도 웃고 있다는 걸 나는 알지 못했다.

부국청년단 배후 조종자 아저씨가 꽥꽥거리며 달려오고 있었다.

"학생들, 뭐 하는 거야!"

"너희 이러면 불법이야!"

"아저씨는 뭐야! 이 발랄한 청소년들이 안 보여? 조용히 하란 말이야!"

버블릭이 호통 치는 그 순간 우리는 두 팔을 위로 올리고 한꺼번에 하늘로 날아오르고 있었다. 우리는 언제든지 얼마든지 더 날아오를 준비가 되어 있었다.

:: 작가의 말

찬바람이 부는 계절이면 서명을 받던 그때가 떠오릅니다.

우리가 살아가는 현실처럼 혹독하게 추웠지만 그런 현실을 이겨 내게 하는 좋은 친구들이 있었고, 양심에 떳떳한 일을 한다는 자부심도 있었던 그날의 나우는 이 세상 그 어느 청소년보다 멋지고 사랑스러웠습니다.

어떤 어른은 나우에게 인생을 낭비한다고 말했고, 잘못된 길로 빠졌다고도 했습니다. 실은 나우는 자신의 삶에 확신이 없었습니다. 나우는 늘 회의했고 갈등했고 어떻게 살아야 할지 모르겠다고 말했습니다. 나우는 솔직한 사람이었거든요. 확신에 차서 다른 길을 걷는 사람들은 그렇게 많지 않습니다.

나우는 갈등했기 때문에 유보했습니다. 자신에게 많은 기회를 준 거예요. 나우가 다른 청소년들과 다른 점이 있다면 싫은 걸 못 견디게 싫어하고 좋은 걸 못 견디게 좋아한다는 것 정도였던 것 같습니다. 혹시 이 글을 읽은 어떤 여러분도 그렇다면 자신을 좀 더 귀하게 여겨 주세요. 자신에게 더 많은 색다른 기회를 주었으면 좋겠습니다.

이경화

가게 점원, 판매 사원, 학원 강사 등의 일을 했으며 현재는 전업작가로 지내고 있다. 그동안 쓴 청소년 소설로는 《나의 그녀》, 《나》, 《지독한 장난》, 《저스트 어 모멘트》, 《죽음과 소녀》 등이 있다.

장미

내 사랑은 에이쁠(A+)

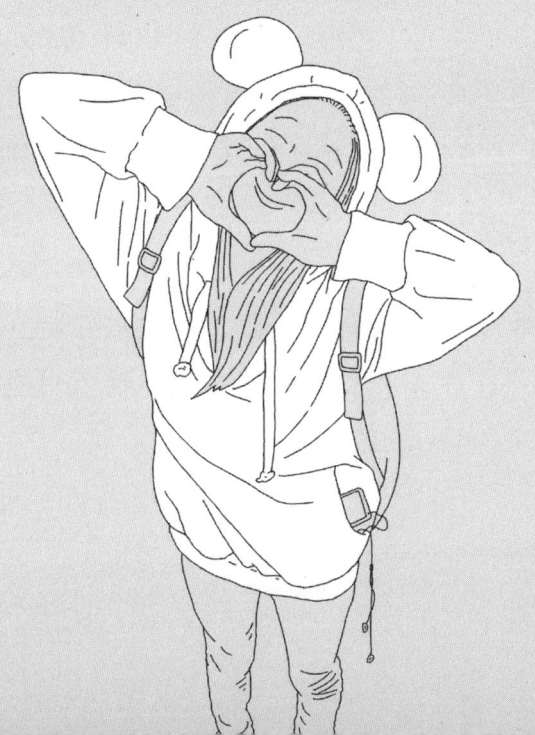

에이플러스(A⁺)의 네오가 블링블링의 성형 괴물 민지와 사귄다는 기사가 인터넷에 떴다. 에이플러스 공식 팬카페인 골든스는 난리가 났다. 민지는 절대 안 된다는 의견과, 네오도 이제 성인인데 연애하는 것쯤은 인정해 줘야 된다는 의견. 그 와중에 블링블링 팬카페인 팅커벨 애들까지 와서 도배질을 해대는 바람에 밤새 컴퓨터가 터지는 줄 알았다.

 내 의견은, 네오도 이제 연애를 할 수는 있지만 과거가 화려한 민지와 사귀는 건 반대라는 것. 그리고 진짜 중요한 건, 뿌옇게 나온 사진 한 장과 카페 알바생 말 한마디로 둘의 관계를 정의할 수 있겠냐는 것이었다.

그런데 오늘 새벽 네오가 카페에 글을 올렸다.

'아놔, 미치겠네. 같이 밥 먹으면 다 사귀냐. 골든스 여러분, 아니에요~. 저 믿죠?'

나는 일빠로 댓글을 달았다.

오레오 오빠, 우리는 오빠를 믿어요. 콘서트 준비 잘하세요. 아프지 말고요.♥

나는 네오의 글 아래에 새 글도 하나 띄웠다.

'골든스 여러분, 괜히 떠들면서 소문을 키우는 건 에이뿔 오빠들에게 해가 될 뿐입니다. 에이뿔의 일본 콘서트가 얼마 남지 않았어요. 네오를 믿고 더욱더 응원해 줍시다. 추신. 팅커벨 여러분도 여기 와서 이러지 말고 자제해 주시길 부탁드려요.'

순식간에 댓글이 줄을 지어 올라왔다.

네오엄마 오레오님 의견에 공감 백배.

하지마짱 내일 이승우 신곡 나옴. 딴 생각 말고 우리 멜론이나 클릭해여.

가요중심=비리중심 더 슬픈 건 기말고사가 다가온다는 거.

땅콩 지금 기말고사가 문제야? 시험은 언제든지 있지만 오빠들은 하나뿐이라는 거.

콩닥콩닥 땅콩님 짱!

울언니민지 웩, 전부 재수 없어.

마루의여자 팅커벨 오징어들아, 제발 딴 데 가서 놀아라.

골든스16기장 울언니민지님, 강퇴 경고입니다.

'울언니민지'는 팅커벨의 민지빠인 것 같은데 민지와 네오에 대한 기사가 뜨고 나서 우리 카페에 가입해서는 계속해서 민지가 아깝다는 둥 민지는 평소 키 큰 남자를 좋아한다고 했었는데 네오는 키가 작아서 아닐 거라는 둥 하면서 대꾸하기도 입 아픈 얘기들만 늘어놓던 미친 삐리리였다. 네오가 다리가 얼마나 긴데 키가 작다니? 남자는 대학 가서도 계속 크는 걸 모르나? 참나.

우리 골든스가 모두 착하고 순둥이들이라서 대놓고 욕을 하거나 싸우진 않았지만 점점 짜증이 치솟고 있었는데 드디어 카페지기 언니가 나선 걸 보니 이제 곧 정리될 것 같다. 콘서트나 팬미팅 때 카페지기 언니를 가까이에서 본 적 있는데 얼마나 카리스마 짱인지 정말 반할 만큼 멋있었다. 에이뿔 오빠들도 카페지기 언니한테는 가볍게 대하지 못하는 것 같았다. 아, 나는 에이뿔도 좋지만 카페지기 언니랑 우리 골든스들이 모두 다 너무 좋다.

그러고 보니 하루 종일 정신이 없어서 멜론에 들어가는 걸 잊어버렸다. 지금 제일 중요한 일은 에이뿔의 신곡 '하지 마'의 조회수를 올려 1위로 만드는 것이다. 멜론에 들어가 음악을 클릭하는 것도 무턱대고 하는 게 아니다. 한 시간에 한 번만 인정이 되기 때문에 생각을 하고 있다가 종종 들어가서 눌러 줘야 조회수를 올리는 데 도움이 된다.

팬질도 제대로 하기 위해선 이런저런 신경 쓸 일이 많다. 하지만 사랑한다면 이 정도 수고는 감수해야지.

지난번 팬미팅 때 에이뿔 오빠들도 그렇게 말해 줬다. 우리 골든스들이 얼마나 여러 가지로 힘들게 고생하는지 다 안다고. 그 사랑과 희생을 생각하면 어떻게 보답해야 할지 모르겠다고. 그렇게 말하며 눈시울 붉히는 오빠들 때문에 우리 모두 감동해서 울었었지.

잘 웃지 않고 카리스마 폭발하는 마루가 목이 메어 마이크를 준에게 넘기며 어색하게 웃는 모습. 장난꾸러기 준이 네오의 주황색 머리칼을 헝클이며 분위기 띄우려 했던 모습. 피터팬 같은 네오가 키 큰 마루의 어깨를 은근히 토닥이던 모습.

아직도 생생한 오빠들 웃는 얼굴, 오빠들 목소리, 오빠들 향기를 생각하면 아아, 수고나 희생이라니요, 오빠들을 위한 모든 일이 내 인생 최고의 기쁨이며 나를 웃게 하는 유일한 이유인걸요.

네오가 글을 쓴 이후에 에이뿔 관련 기사 나온 게 있는지 좀 더 찾아보았다. 기자들도 다 자고 있는지 아직은 새로운 뉴스가 없는 것 같다.

　이번에는 일본 포털사이트인 '쿠우'에 가서 연예계 뉴스를 살펴봤다. 에이뿔의 일본 진출을 앞두고 일본의 연예계 상황이나 우리하고는 문화적으로 느낌이 다른 부분 등을 알아보려고 자주 찾아보고 있다. 그런데 사실 아직은 나의 일어 실력이 부족해서 이해 못하는 내용도 많다. 일어 공부에 좀 더 시간을 내야 하는데, 그래서 에이뿔에게 하나라도 도움을 주어야 할 텐데 조바심이 난다. 오빠들, 기다려 줘요.

　연재하는 웹툰은 재미있었다. 일본의 유머 감각은 우리하고 많이 다른 것 같다. 에이뿔 오빠들이 그 부분을 이해하는 것도 꽤 중요한 일인 것 같아서 기획사 홈페이지에 글을 하나 올릴 생각이다. '에이뿔이 일본에서 성공하기 위한 깨알 같은 정보'라고 제목을 붙이면 괜찮으려나?

　어쨌든 요즘 일본에서는 걸 그룹의 멤버로 있으면서 솔로로 활동하는 가수들이 주목받고 있는 상황이다. 남자 그룹이나 신인은 조금 주춤하고 있다. 이런 분위기에서 에이뿔 오빠들 세 명이 등장하면 그야말로 UFO라도 떨어진 것처럼 대폭발이 일어날 거다.

　그리고 보니 어제 초저녁에 조금 자다가 깬 뒤로 밤을 꼴딱 새웠다. 눈도 따갑고 너무 피곤하지만 네오가 글을 남겨 준 덕분에 모든 일이 잘 마무리된 것 같아서 마음은 뿌듯하다.

아침마다 일본어 문장 하나씩 외우기로 한 자신과의 약속을 지키기 위해 책을 들고 부엌으로 나가니 엄마가 소빈이 도시락을 싸고 있었다.

"오늘 소빈이 촬영 있어서 바쁘니까 토스트 구워 먹고 가."

그러더니 내 손에 들린 일본어 회화 책을 흘낏 보며 한마디 더 한다.

"쓸데없는 일어만 만날 하고 있어? 수학이랑 영어를 좀 해야지."

"응, 알았어. 근데, 일어가 하면 할수록 짱 멋있어. 나 일어에 완전 꽂혔어, 엄마."

"3학년 때 나올 일어를 왜 벌써부터 하고 그래? 다른 과목들 성적은 바닥을 기는데."

"에이뿔이 일본 진출할 거라서 나도 일어 잘해야 한단 말이야."

"그놈의 에이뿔인지, 개뿔인지……."

엄마가 무슨 말을 더 하려는데 방 안에서 소빈이의 짜증 섞인 목소리가 들렸다.

"엄마, 검정 스타킹이 없잖아?"

엄마는 손을 대충 닦고는 급히 소빈이 방으로 들어갔다. 유명하지도 않은 아역 배우 주제에 무슨 스타라도 되는 양 공주 행세인 소빈이가 밥맛이지만 타이밍이 괜찮았기에 봐주기로 했다.

신문을 보며 식빵을 우적우적 먹고 있는 아빠 앞에 앉아서 일본어 책을 보며 나도 빵을 우적우적 먹는데 아빠가 말을 걸었다.

"엄마가 소빈이 쫓아다니느라 바쁜데 다빈이가 자기 할 일 스스로 알아서 하니까 안심이다, 아빠는."

어라, 아빠는 지금 내가 시험공부라도 하고 있는 줄 아나 보다. 뭐, 아버지 마음이 편안하시다면야 소녀도 기쁘옵니다.

"그럼 나 용돈 쫌만!"

아빠가 어허허, 웃더니 방 안 눈치를 살피며 5천 원을 꺼냈다.

"에게?!"

끝내 5천 원을 더 받아 내어 빛의 속도로 주머니에 집어넣고 일어났다. 아싸, 좋은 아침.

버스 두 정거장 거리를 걸어서 학교에 오자마자 1교시 끝날 때까지 정신없이 잤다. 보통 쉬는 시간에는 일어나 스트레칭을 하지만 오늘은 워낙 피곤해서 계속 자려는데 주영이가 쫓아와 떠들어 댔다.

"네오랑 민지랑 사귄다며?"

"아니야. 새벽에 네오가 글 남겼어. 그냥 밥 한 번 먹었대."

"다 그렇게 말하지. 그런데 민지가 매력이 있긴 있나 봐?"

"네오는 그런 스타일 안 좋아해. 네오는 눈웃음 치고 그런 애보다 시크한 스타일 좋아해."

"시크한 스타일? 어, 그게 바로 난데. 크크크."

"모이이. 키에로. 히루야스미마데 즛도네나캬."

"뭐래니? 너 욕했지?"

"꺼지라고. 나 잘 거라고."

"오올, 너 내년에 일어 덕분에 성적 좀 올라가겠다?!"

"바닥에 붙은 성적이 올라가 봤자지. 에잇, 성적 따위!"

"참, 나 아침에 버스 타고 오면서 너 봤다. 너 요즘도 걸어 다녀?"

"응, 돈 모아야 된다 했잖아."

"어우, 대단하다야. 살도 많이 빠졌어?"

"살은 하나도 안 빠진다. 미치겠어."

"너랑 니 동생은 유전자가 다른가 보다. 크크크."

"니가 몰라서 그래. 걔가 밥을 얼마나 조금 먹는데. 걔 밥 먹는 거 보면 완전 재수 없어."

"정말? 아, 그래도 부럽다. 성민호랑 드라마도 찍고."
"부러울 게 뭐 있냐. 여주인공도 아닌데."
"그래도 정민호랑 인사도 하고 얘기도 해 봤을 거 아냐. 아, 부러워, 부러워. 완전 부러워."

소빈이도 처음엔 정민호랑 같은 드라마를 찍게 되어 은근히 좋아했었다.

하지만 여주인공의 어린 시절 동네 친구 중 하나로 나온 소빈이는 정민호에게 인사했다가 투명인간 취급을 받는 무안을 당했다. 그 뒤로 소빈이는 눈에 띄게 우울해 보였다.

나는 원래 정민호가 별로였지만 그날 이후로 완전 안티로 돌아섰다. 소빈이 때문이 아니다. 정말 큰 스타가 되기 위한 첫째 조건은 인간성이라고 한 에이뿔의 큰오빠 마루의 말 때문이다. 우리 에이뿔은 멤버 하나하나가 어쩜 이리 멋진지.

하지만 주영이에게는 소빈이의 굴욕에 대해 말하지 않았다. 소빈이의 마지막 자존심을 지켜 주려는 뜻도 있고, 그다지 유명하지 않은 아역 배우의 생활이 어떤지 상상도 못하는 주영이에게 그런 말을 할 필요는 없기 때문이다.

소빈이에게 필요한 건 환상을 품은 채 부러워해 주는 사람들이다. 그런 사람들이 있어야 조그만 가능성을 품은 애송이도 스타로 자라난다. 그러다가 일단 스타가 된 이후에는 스타 스스로 좀 더 멋지게, 좀 더 감동적으로 진화해 가야 한다. 누구처럼? 바로 우리 에이뿔처럼!

사실 에이뿔도 처음엔 어설프고 실수도 많았다.

'아이돌 올림픽'이라는 예능 프로에 처음 나갔을 때 어색한 개그를 펼치기도 하고 여자 가수들과 게임하면서 쑥스러움을 감추려고 오버하는 등 야단이었다. 이제는 한류 스타로 성장하게 된 에이뿔의 옛날 모습을 보면 너무 귀여워서 기절할 지경이다.

그렇지만 나는 완전 광적으로, 스타가 잘못을 저질러도 무조건 편을 들면서 안티를 공격해 대는 무개념 팬이 아니다. 내가 사랑하는 스타가 더 아름답게 진화, 성장해 갈 수 있도록 옆에서 조언하고 바른 길을 제시하는, 매니저나 스타일리스트 같은 동반자가 되고 싶은 거다.

엄마에게 욕을 먹어 가면서도, 친구들에게 비웃음을 사면서도 내가 혼자서 일어 공부를 하는 이유도 다 그 때문이다. 지금은 비록 에이뿔을 좋아하는 수많은 소녀들 중 하나일 뿐이지만 언젠가 어떤 기회가 오면 에이뿔을 위해 중요한 일을 하는 사람이 될 수도 있다는 꿈 같은 꿈. 그 꿈이 내 가슴을 두근거리게 한다.

때로는 내가 에이뿔과 진짜 가족인 것 같은 마음이 느껴지기도 한다. 에이뿔의 성공이 기쁘고, 오빠들이 작은 잘못이라도 하면 '아아, 왜 그랬어, 좀만 조심하지.' 하면서 같이 아파한다. 지난번에 마루가 접촉사고를 냈을 때는, 마루 오빠 잘못도 아니었지만 일주일 동안 빵을 사 먹지 않는 벌을 스스로 감수하기도 했었다.

에이뿔이 일본으로 진출하면 지금보다 만나기 어려워지겠지만 그것도 모두 참고 견딜 수 있다. 사실 나뿐 아니라 골든스의 멤버라면 누구라도 이런 마음을 가지고 있다. 그게 우리 골든스의 좋은 점이다.

나는 에이뿔을 좋아하면서부터 700명이 넘는 골든스 친구들과도 남다른 우정을 맺게 되었다. 내 인생에서 에이뿔과 골든스를 뺀다면 남는 게 없을 지경이다. 에이뿔하고 골든스만 있다면 나는 어떤 괴로움도 이겨 낼 수 있다.

"야, 욕수 왔다, 욕수 왔어."

주영이가 짧게 소리치며 자기 자리로 뛰어 들어갔다. 욕으로 수학을 가르치는 욕수. 욕구불만 욕수.

학기 초에 주영이는 욕수의 욕이 구성지다고 좋아했지만, 이제는 욕수가 너무 똑같은 욕만 계속한다며 지루하다고 했다. 그래도 잠을 자는 데에는 욕수의 욕설들이 꽤 분위기를 돋워 준다. 욕수가 자장가처럼 시바시바 중얼대고 나는 빠르게 깊은 잠에 빠져들었다.

4교시를 내리 자고 났더니 점심시간엔 머리가 조금 맑아지는 것 같았다. 급식으로 나온 '모든 게 다 으깨져서 감자나 고기의 형체를 찾을 수 없는 감자탕' 한 그릇을 원샷하고 소화도 시킬 겸 매점으로 달려갔다.

　앗, 그런데 캔 커피 '바리스찬'이 떡하니 진열돼 있는 게 아닌가. 우리 학교 매점이 언제 이렇게 좋아졌지? 한 푼이라도 더 모아야 하지만 정말 어쩔 수 없이 하나 사 먹고 말았다. 에이뿔이 광고 모델이라는 이유 때문에 사 먹은 건 아니다. 커피 음료 중에서 이게 제일 맛있어 보였기에 고른 것이다. 골든스 카페에 올릴 인증 샷을 찍기 위함도 있었지만.

　요즘 내가 얼마나 피눈물 나게 돈을 모으고 있는지 알기에 주영이도 나보고 사 달라는 소리 따위는 하지 않았다. 대신 주영이는 정민호가 광고하는 '커피군 초코양'을 사 먹었다. 우웩, 이름 한번 촌스럽지.

　골든스 회비며 다음 달에 나올 에이뿔의 일본판 CD며 필요한 게 많아서 돈을 아껴야 한다. 오빠들이 일본으로 가기 전에 골든스에서 조공 한번 크게 쏘기로 했기 때문에 이번 달에는 특히 돈이 많이 들었다.

　나도 전에는 연예인에게 조공 바치는 애들을 미쳤다고 생각했다. 나보다 돈이 많아도 백 배, 천 배는 더 많은 연예인에게 나는 구경도 못해 본 명품 옷이며 신발을 사다 바치고, 목 아플 때 먹으라며 배즙을 바치고, 심심할 때 보라며 만화책을 바치고, 연예인의 매니저며 알지도 못하는 관계자들 도시락까지 바리바리 갖다 바치는 행동들이 비정상으로 보였던 것이다.

하지만 에이뿔을 좋아하게 되고 골든스 멤버가 되어 이런저런 활동을 같이하다 보니 전에는 몰랐던 것을 알게 되고 이해하게 되었다.

"그게 뭔데?"

정민호를 좋아하고 F2XY를 좋아하고 스쿨데이를 좋아하지만 모두 다 그럭저럭 좋아할 뿐인, 그러니까 나처럼 진정한 패밀리가 되지는 못한 주영이가 맹한 표정으로 묻는다.

"좋아하는 사람이 기뻐하면 나도 기쁘잖아. 그냥 그거야."

"그냥 그거?"

"에이뿔 오빠들이 있어서 나는 정말 기쁘고 고맙거든. 우리 에이뿔이 나에게 준 희망과 용기, 위로는 돈으로 따질 수가 없을 정도야. 나는 정말, 오빠들한테라면 나한테 있는 거 다 갖다 줘도 하나도 안 아까워. 오히려 내가 준비한 도시락을 먹고, 내가 고른 티셔츠를 입고, 내가 준 베개를 베고 자는 오빠들을 생각하면 기절하게 좋거든. 그러니 조공을 바치는 건 우리지만 기쁜 것도 에이뿔보다는 우리가 더 기쁘다구."

흥분해서 말하는 나를 멍하니 보고 있던 주영이가 눈물을 글썽이며 말했다.
"어우, 감동이다."
하지만 저녁 때 똑같은 말을 한 번 더 했을 때 엄마는 눈에 불을 켜고 소리를 질렀다.
"이 미친년아!"
"엄마! 자기 딸보고 미친년이라니 너무하는 거 아니야?"
"학원비 훔쳐서 연예인한테 갖다 바치는 게 미친 게 아니고 뭐야?"
"훔치긴 뭘 훔쳐? 중간고사 끝나고 한 달만 학원 쉬겠다고 했는데 엄마가 억지로 가라고 했잖아. 억지로 가서 앉아 있어 봐야 공부도 안 된다구. 그렇게 쓸데없이 학원에 갖다 바칠 돈을 내가 필요한 데 쓴 건데 뭘. 다음 달부터는 다시 열심히 다닐 거야."
"시끄러워. 내가 너 학원 보낼라구 다리가 통통 붓게 피곤한 날에도 중국 음식 한 번 안 시키고 꼬박꼬박 밥해 먹고 살았지, 누가 그놈의 정신없게 생긴 연예인 놈들한테 갖다 바치라고 그렇게 아끼고 산 줄 알아?"
"다리가 통통 붓게 피곤한 건 엄마가 소빈이 쫓아다니느라 그런 거잖아. 그거 다 엄마가 좋아서 하는 거 아니야?"

"그러니까 너 지금, 소빈이만 챙겨 주고 너는 내버려 뒀다고 시위하는 거야? 소빈이는 특별한 재능이 있으니까 키워 줘야 될 거 아냐. 그런데 너는 그런 게 아니잖아. 대신 너한테는 학원비 아까워하지 않고 좋다는 학원이면 눈 딱 감고 등록해 줬어. 그런데 지 맘대로 학원 쉬어 놓고 학원비 카드로 뭘 해? 누구한테 뭘 보내? 밥 차? 기가 막혀서, 정말. 나는 니가 이러고 있는 줄은 몰랐다. 그래도 큰딸이니까 엄마랑 동생이랑 이해해 주면서 니 할 일 열심히 하고 있다고 생각했는데, 완전 뒤통수 맞았어, 지금!"

얼굴이 시뻘겋게 되어서 울 것 같은 표정으로 나를 노려보는 엄마를 보니 할 말은 많았지만 차마 입이 떨어지질 않았다.

그래도 엄마가 나를 조금만 이해해 주면 좋을 텐데. 엄마 말처럼, 내가 엄마 고생하는 거 완전 모르는 철딱서니 미친년이라서 그런 게 아니라는 걸 생각해 주면 좋을 텐데. 지금 나에겐 에이뿔도 우리 가족 못지않게 소중하다는 걸, 그런 내 마음을 알아주면 좋을 텐데.

그리고 엄마가 소빈이에게만 집중하고 나는 은근 찬밥으로 내버려 둔 건 사실 아닌가.

소빈이에게 특별한 재능이 있어서 키워 주느라 그런 거라지만, 그럼 나는? 나는 학교 끝나고 아무도 없는 집에 혼자 들어

와서, 냉장고에서 간식 꺼내 먹고, 혼자 학원 갔다가, 가끔은 저녁도 혼자 먹고, 혼자 잠든 적도 있었다.

그런 나를 위로해 주고 외롭지 않게 함께해 준 건 바로 에이뿔 오빠들이고, 골든스 친구들이다.

엄마는 나를 의젓한 맏딸이라고만 생각하고 있지만 골든스 카페에서 나는 '오레오 쿠키를 우유에 찍어 먹으며 외로움을 달래는 감성 만땅 소녀'이다. 가끔씩 나의 게시판 글 아래에 '오레오님, 지금도 오레오 쿠키 먹고 있나염? 우쭈쭈쭈.' 하는 식의 댓글을 달아 주는 친구들이 있는데 그건 '다빈아, 외로워? 외로워하지 마. 우리가 있잖아.' 하는 뜻이다. 언젠가 그런 댓글을 보며 이유 모를 눈물이 흐른 적도 있었다.

나도 이제 많이 컸다. 무조건 동생을 질투하며 엄마 관심 받으려고 어리광 부리는 게 아니다.

하지만 내 마음이 어떤지, 내가 어떤 생각을 하는지 전혀 느끼지 못하고 이해하지 못하는 엄마와 외나무다리의 원수처럼 식식거리며 마주보고 있자니 너무나 괴롭고 슬펐다. 이 상황에서 내가 괜히 눈물이라도 흘리면 엄마가 속으로 '흥, 미안하니까 우는 척하면서 넘어가려고?!' 하고 생각할까 봐 입술을 깨물며 눈물을 참았다. 억울함의 눈물, 답답함의 눈물, 서러움의 눈물을.

"잘못했단 말은 안 하고 어디서 이를 악물고 엄마를 노려봐? 미친놈들이나 쫓아다니더니 얘가 아주 이상해졌네, 정말!"

아, 더 이상 못 참아. 확 그냥.

그런데, 이런 순간에 갑자기, 콘서트 때 마루가 돌아가신 엄마 사진을 띄워 놓고 직접 쓴 편지글 읽었던 건 왜 생각나는지.

'엄마, 이제 와 생각하니 미안한 것뿐이라서, 그래서 미안해요. 사랑한단 마음보다 미안하단 마음 더 많지만 그래도 사랑해요.'

그래, 침 한 번 꿀떡 삼키고 심호흡 한 번 하고 나서.

"엄마, 내가 지금 정말 나쁜 년처럼 할 수 있었는데 에이뿔 때문에 참는 거야. 그걸 알아야 돼."

"아이구, 저 미친년, 내가 저걸 그냥……."

입만 벌리고 말을 잇지 못하는 엄마를 보니 어쩐지 내가 대인배가 된 것 같아 마음이 통쾌해졌다. 헉헉대고 있는 엄마를 남겨 두고 당당하고 우아한 표정으로 방에 들어왔다.

하지만 방문을 닫고 책상 앞에 홀로 앉으니 금세 마음이 어두워지면서 한숨이 나왔다. 이게 뭐야. 나는 늘 우리 집에서 찬밥에 외톨이였는데 이젠 미친년 소리까지 들었다.

어렸을 때부터 그랬다. 소빈이가 이려서부터 제일 많이 들은 말은 '예쁘게 생겼다'는 말일 거다. 그런 말만 자꾸 들어서 그런가, 소빈이는 점점 더 예뻐졌다. 하지만 나는? 씩씩해 보인다거나 성격 좋아 보인다는 말만 들었더니 갈수록 더 씩씩해지고 성격만 좋아졌다. 아, 젠장.

예쁘면 뭐든지 가능하고 뭐든지 용서되는 세상에서 나도 소빈이가 부럽지 않은 건 아니었다. 하지만 세상에 예쁜 애들은 너무나 많고, 그런 애들과 경쟁하느라 점점 더 예뻐져야 하는, 예뻐지지 않으면 예쁜 척이라도 해야 하는 소빈이의 생활은 종종 피곤해 보였다.

나는 소빈이를 부러워하고 질투하기보다는 이해하고 불쌍히 여기는 쪽으로 마음을 바꿔 먹었다. 다행인지 불행인지 소빈이는 크게 주목받지 못하는 아역 조연 배우이다. 내가 살아가는 세상에서 가장 멋지게 빛나는 스타는 오직 에이뿔뿐이다.

꿀꿀한 마음을 달래기 위해 나도 모르게 골든스 카페에 들어갔다.

'아, 열 받아. 완전 짱나. 조낸 시바시바. 울 엄마가 나보고 미친년이래여…….'

언제나 내 얘기에 귀 기울여 주고 내 편을 들어주는 골든스 식구들에게 하소연이라도 하려고 게시판을 누르는데, 앗, 잠깐, 저게 뭐지? 긴급 공지 팝업창이 반짝하고 떠올랐다.

'에이플러스 일본 행사 참여 - 바가지머리님, 분홍구두님, 오

레오님. 축하합니다!'

　우왁, 세상에! 대박!!!

　아직 일본에 공식 진출하지도 않았는데 도쿄에는 벌써 에이뿔 공식 팬클럽이 있고 수백 명이 넘는 팬들이 있다. 다음 달에 CD가 나오고 세 개 도시 투어 콘서트도 시작하면 일본의 모든 차트를 우리 에이뿔이 휩쓸게 될 거라고 다들 예상하고 있다. 이런 분위기 속에 일본 팬미팅도 계획되어 있는데 일본 팬클럽에서 골든스 멤버 중 세 명을 초청하겠다고 했다.

　원래는 골든스 임원진이 함께 가기로 했는데 아무래도 일본까지 가는 거고 일본 팬클럽에서 초대를 한 것이니 일어를 잘하는 사람이 가는 게 좋겠다고 하여, 얼마 전에 카페에서 간단한 전화 일어 테스트를 했는데 내가 뽑힌 것이다.

　전화 테스트를 앞두고 한동안은 수업 시간에 잠도 안 자고 일어책을 보고, 틈만 나면 MP3로 일어 공부를 했다. 주영이에게 '안 어울리는 범생이 놀이를 하고 있다'며 구박까지 받았지만 뭐랄까, 일어라는 바다에 훅 빠져들 듯 집중하게 되는 기분이 나쁘지 않아 즐거운 마음으로 했었다. 그랬는데 이런 결과까지 보게 되다니!

　이게 꿈인가 생시인가, 미리가 떵하면서 정신없이 몇 번이나 공지문을 읽고 또 읽었다. 내가 맞다. 나, 오레오님이 에이뿔 일본 팬클럽의 초대를 받아 도쿄에 가게 됐다.

"엄마, 엄마! 나 일본 가. 으아, 대박이야!"

방문을 박차고 달려 나가 펄쩍펄쩍 뛰면서 소리를 지르자 엄마는 뜨악한 얼굴로 눈만 크게 뜨고 나를 보고 있다. '저게 완전 돌았군.' 하는 표정이다. 크크. 다행히 밤샘 촬영을 하고 감기에 걸렸다며 콜록대고 있던 소빈이가 얼른 알아차리고 물어본다.

"언니, 진짜 된 거야?"

"어, 내가 뽑혔어. 으아, 웬일이야? 나 몰라. 꺄아."

소빈이도 같이 '꺄아' 소리를 지르며, 둘이서 '짝짝짝' 손뼉을 마주 치면서 웃다가 울다가 난리를 피우니 그제야 엄마도 무슨 일인지 알아들었다.

"그러니까 뭐야, 니가 공짜로 일본 여행을 간단 말이야?"

"에이, 일본 여행은 아니고, 도쿄에서 에이뿔 콘서트랑 일본 팬미팅을 하는데 거기 초대받는 걸로 뽑혔다구."

"니가 그 정도로 일어를 잘했어?"

"와타시가 니홍고니 센스가 좃토 앗타쟝(내가 일어에 쫌 감각 있다 했잖아)."

"어머, 우리 딸, 발음 끝내주네. 외고 가야 되겠다?! 근데 너 방금 뭐라고 한 거야? 오호호호."

뜬금없이 웬 외고. 강아지 풀 뜯어 먹는 소리를 하며 좋아라 웃는 엄마가 어처구니없기도 했지만 모처럼 세 모녀가 다 함께 기뻐하고 있으니 뭐, 그럼 된 거지.

"가만있어 봐. 아빠한테 전화해서 얘기하고, 얼른 나가서 삼겹살 좀 사 와야겠다. 아유, 우리 딸. 내가 딸들은 잘 낳아 놨지."

미친놈들 쫓아다니는 미친년이라 할 때는 언제고 갑자기 눈에서 하트를 발사하며 날듯이 달려 나가는 엄마를 보니 어쩐지 마음이 짠해진다.

"정말 잘됐다, 언니……. 역시 언니는 뭘 해도 잘하는구나. 언니 같은 사람이 연기도 잘할 텐데……."

"얘가 갑자기 뭔 소리야? 야, 내 얼굴로 연예인이 웬 말이냐? 아하하."

"아니야, 얼굴이 문제가 아니야."

그러고 보니 아까부터 골골대며 축 처져 있는 소빈이의 얼굴이 어둡고 까칠하다. 무슨 일이 있었나?

"나는 연기에 재능도 없고 적성에도 좀 안 맞는 것 같아."

"니가? 무슨 소리야? 야, 내 친구들 전부 니 팬이야. 주영이 알지? 걔도 만날 니 얘기만 해. 진짜야."

오버스러운 격려에 힌 번 웃어 줄 만도 한데 온통 회색빛 아우라를 뿜으며 한숨을 쉬는 소빈이.

몇 년 전만 해도 소빈이는 주인공 부부의 어린 딸 역할을 맡아 잠을 자고 있거나 극적인 순간에 성인 연기자 옆에서 잉잉 우는 연기를 주로 했다. 그때만 해도 '아역의 눈물 연기에 시청자들도 함께 울었다'는 기사가 나오곤 했었다.

하지만 이제 소빈이도 드라마 안의 깜찍한 양념 역할만 하기에는 너무 커 버렸다. 이제는 정말이지 연기력으로 승부해야 하는 때가 되었는데, 그런데 거기에 중대한 문제가 있었다. 연기학원도 계속 다니고 엄마랑 대본 연습도 열심히 하는데 소빈이의 연기는 내가 봐도 조금 어색하고 오글거릴 때가 많았다.

그런 소빈이에게 엄마는 계속 말했다. 연기도 공부처럼 자꾸 하다 보면 잘하게 되는 거라고, 처음부터 잘하는 사람은 없다고. 어느새 예능의 신이 된 에이뿔 오빠들을 생각하면 맞는 말이기도 하다.

하지만 소빈이 마음은 그렇지 않았나 보다. 하긴 공부도 계속 앉아서 밤을 새우고 열심히 하다 보면 잘하게 될지 모르지만, 나에게 어려운 건 공부를 열심히 하는 것 그 자체였다.

골든스 카페에 올라온 글을 읽을 땐 집중도 잘되고 시간 가는 줄 모르겠는데 참고서를 읽거나 공부를 할 때는 머리가 멍~해지면서 10분 앉아 있는 것도 너무나 힘들었다. (일어는 어떻게 공부했냐고? 일어는 나에게 공부가 아니었다. 에이뿔을 위한 노력이고 에이뿔을 향한 사랑일 뿐이었으니.)

그러니 연기도 열심히 하다 보면 잘하게 될지 모르지만, 일단 참고 열심히 하는 게 어렵고 싫다는 소빈이의 마음을 나는 이해할 수 있다. 갑자기 머릿속 어딘가에 틱- 하고 터치가 되면서 에이뿔의 신곡 '하지 마' 후렴 부분이 흘러나왔다.

'하기 싫음 하지 마. 안 하면 그만이지, 뭐가 문제야. 걱정하지 마. 불평하지 마. 힘들어 하지 마. 하지 마.'

"하기 싫으면 안 하면 되지, 뭐가 문제냐? 하지 마."

소빈이가 얼굴을 돌려 동그란 눈으로 나를 바라봤다.

"안 하고 싶다고, 그만두겠다고 해."

"어떻게 그래?"

"지금 하는 드라마까지만 하고 그만하겠다고 해. 아, 그래, 잠정 은퇴라고 하면 되겠다. 그러다가 나중에 다시 하고 싶으면 뮤직비디오 같은 거 하나 찍고 '아역 스타 김소빈, 소녀에서 숙녀로' 뭐, 이런 기사 하나 내면서 컴백하면 돼. 그게 훨씬 좋을 수도 있어."

"아후, 웃기지 마. 내가 잠정 은퇴한다고 해 봐야 아무도 관심 없을걸."

"누가 관심 있든 없든 무슨 상관이야. 우리 가족하고, 주영이한테도 알려야겠다. 그렇게 모여서 파티도 하고 다이어트 중단

선언도 하고 그러면 재미있고 좋잖아."

"엄마 기절할 소리 하네. 엄마가 나 스타 만든다고 얼마나 열 냈는데……."

"신경 꺼. 하고 싶으면 엄마나 하라고 해. 사극 엑스트라 섭외도 들어왔다며?"

"그러게. 아니라고 하면서도 은근 하고 싶은 표정이더라."

"뭐야, 이러다 상궁마마 되시는 거 아냐? 아하하하."

몸을 흔들면서 깨방정을 떠는 나를 보며 그제야 소빈이가 조금 웃었다.

"야, 우리 셀카 하나 찍자."

소빈이를 앞으로 밀어내고 나는 뒤에서 최대한 아래로 얼굴을 떨구고 찍었건만 소빈이 얼굴이 내 얼굴의 반이다. 쳇, 그래도 역시 '동생이랑 추카 파티 중!'이라는 글을 골든스 카페에 올리자마자 댓글들이 뜨겁다.

민트초코 우와, 오레오님 동생 넘 이뽀요.

피자앤콜라 어, 나 얘 텔레비전에서 봤는데? 얘가 오레오님 동생? 대박!

일어초급반 오레오님, 완전 부러워여, 엉엉.

분홍구두 오레오님, 같이 가게 돼서 기뻐요, 제가 쪽지 보냈어요.

황금물고기 언니는 일어짱, 동생은 얼짱일세.

역시 우리 에이뿔, 역시 우리 골든스다.

항상 나를 충전시켜 주는 에이뿔 오빠들, 내가 혼자가 아니라는 걸 느끼게 해 주는 골든스 친구들. 그 사랑의 에너지를 오늘밤에는 소빈이에게 나눠 줘야겠다.

눈이 시리게 하늘이 파랗고 예쁜 날.

에이뿔과 내가 나리타 공항에 도착했다.

입국장에 들어서니 요란한 소리와 함께 수많은 플래카드와 피켓이 들썩인다.

'우리는 에이플러스를 기다렸습니다. - 에이플러스 일본 팬클럽 골든재팬', '사랑해요, 마루 오빠.', '네오가 최고야.', '쭌! 쭌! 쭌!'

보디가드에게 둘러싸인 에이뿔이 팬들을 향해 손을 흔들며 걸어간다.

그때 갑자기 한 여자가 무리를 헤치고 뛰어나와 절박한 목소리로 외친다.

"일본에 처음 오신 소감이 어떤가요?"

오빠들은 '아리가토'라고 말하며 고개를 한 번 까딱하고는 그냥 지나쳐 간다. 대신 뒤에서 걸어가던 내가 그녀를 향해 말해 준다.

"대단히 기쁘고 모두에게 감사드린답니다. 특히 골든재팬에게요."

나의 일어 발음은 흠잡을 데 없이 자연스럽고 유창하다.

여자가 행복한 표정으로 웃는다.

저만치 앞에서 걸어가던 네오가 뒤를 돌아 나를 보며 엄지손가락을 치켜들고 눈을 찡긋한다.

네오의 윙크가 슝- 소리를 내며 나에게 와서 박힌다.

어쩐지 몸이 간질간질하더니 겨드랑이 아래에서 투명한 깃털 같은 날개가 솟아난다.

나는 터질 듯이 북적이는 인파를 벗어나 그림처럼 새파란 하늘을 향해 둥실 떠오른다.

세상은 아름답고, 나는 자유롭게 하늘을 걸어간다.

:: **작가의 말**

세상의 수많은 다빈이, 소빈이에게.

어찌어찌하다 보니 작가랍시고 이런 글을 쓰고 있지만 사실 아주 어렸을 때부터 중학생 무렵까지 내 꿈은 피아니스트였어. 많이 더웠던 어느 여름방학에 하루에 몇 시간씩이나 피아노 앞에 앉아 피아노를 쳤더니 엉덩이에 땀띠가 나서 고생했던 게 생각난다.

그랬는데 고등학교에 들어가서는 갑자기 국어 선생님이 되고 싶어졌어. 국어 시간에 교과서는 그냥 덮어 두고 이런저런 책 이야기, 영화 이야기, 짝사랑 이야기를 들려주는 국어 선생님. 국어 선생님이 되려면 국문학과나 국어교육과에 들어가야 하는데, 어라, 어쩌다 보니 문예창작학과에 들어가면서 국어 선생님이라는 꿈은 스르르 사라지게 되었네.

어쩐지 말하기 쑥스럽지만, 요즘의 내 꿈은 요가 강사가 되는 거야. 허리가 아파서 요가를 하러 다니는데, 어머나, 요가를 하는 동안엔 복잡한 머릿속이 심플하게 정리되고 마음이 평온해지는 게 너무 좋지 뭐야. 저도 요가 강사가 되고 싶어요. 잘하진 못하지만 요가를 너무 사랑하거든요. 내 말에 요가 선생님이 잠시 당황한 표정을 지으며 나를 보더니 곧이어 부드럽게 웃으며, 일단 좀 더 수련을 하면서 굳은 몸을 펴고 저질 체력을 끌어올리는 게 필요하시겠다고 답해 주셨어. 흠, 가능성은 있다는 얘기지.

하지만 궁극적으로 나의 꿈은 '괜찮은 사람'이 되는 것이야.

자주 웃고, 맨얼굴에 모자를 눌러쓰고 산책을 하고, 걸어가다 한 번씩 하늘을 올려다보고, 새벽에 일어나 친구에게 메일을 쓰고, 가끔은 이유 없이 꽃을 사서 책상 위에 놓아두고, 좋아하는 노래의 영어 가사를 외워 보는, 조금 멋있고 은근히 괜찮은 사람.

가장 힘차고 푸르른 시절인 '청소년'의 때를 살아가는 너희는 어떤 꿈을 꾸고 있니? 더 많이 꿈꾸고 더 많이 도전하고 더 많이 경험하렴. 세상의 그 무엇이든 될 수 있고 그 어떤 일도 할 수 있는 너희를 응원한다.

장미

서울에서 태어나고 자랐다. 대학에서 문예창작학을 전공했으나 문학이 뭔지 예술이 뭔지 모른 채 그저 '취미는 독서'인 사람으로 살아가다가 아들을 키우면서 동화에 매력을 느껴 동화책을 많이 읽었다. 세월이 빨리도 흘러 아들이 동화를 졸업하고 청소년 소설을 읽게 되어 덩달아 청소년 소설을 많이 읽다가, 〈열다섯, 비밀의 방〉으로 푸른문학상 청소년 단편 부문에서 수상하여 '작가'가 되었다.

정은숙

영재는 영재다

결국 평일 이사를 하게 됐다. 띠링~ 울리는 신호음 때문에 깨도 미안하지 않을 시간이라 여겨지는 오전 7시, 담임에게 문자를 보냈다. 영재가 이삿짐 트럭을 타기 직전이었다.

'이사 때문에 하루 결석합니다. 쌤, 죄송해요. ㅠㅠ'

답 문자는 바로 왔다. 역시 고2 담임답게 일찍 깨 있었다.

'웬만하면 포장 이사 하지. 너 대학 갈 맘 없니? 무슨 고딩이 이삿짐까지, 에휴!!'

얼굴 구기며 내뱉는 한숨 소리가 옆에서 들리는 듯했다. 하지만 남임은 단단히 오해하고 있었다.

오늘 아침 영재네 집은 조금의 동요도 없이 평온했다. 그런데 웬 이사, 놀라실 분을 위해 말씀드리자면, 영재는 지금 이삿짐을 싸러 고객의 집으로 가고 있었다. 즉 이삿짐센터 알바를 뛰고 있다는 뜻이다.

세 달 전, 아버지가 빌라 이삿짐을 나르던 중 계단에서 넘어지면서 허리를 심하게 다쳤다. 명색이 이삿짐센터 대표라곤 하지만 아버지도 직접 현장을 뛰는 처지였기에 급하게 대체 인력이 필요한 상황이었다. 9회 말, 3대 3 동점에 2아웃 주자 만루의 긴박한 상황이긴 했지만 영재가 대타로 나서게 된 건 몇 가지 불운이 동시에 겹친 결과였다.

우선, 종종 이삿짐 알바를 하던 세 명의 삼촌들이 다른 업체 일을 뛰는 중이거나, 핸드폰 전원이 꺼져 있거나 하는 이유로 연락이 되지 않았다. 그것으로 끝이었으면 할 수 없이 남은 인력으로 이사를 마쳤을 텐데, 하필 영재가 방문을 어설프게 잠그면서 일은 엉뚱한 방향으로 흘러갔다.

아버지의 사고 연락을 받은 엄마가 그 소식을 전하기 위해 영재의 방에 뛰어들었을 때, 영재는 때마침 컴퓨터 게임 삼매경에 빠져 있었다. 인터넷 강의를 들을 테니 방해하지 말라는 정당한 평계를 대고 단단히 방어막을 구축했건만, 지은 지 20년 된 빌라의 운명처럼 방문은 아무런 예고도 없이 허술하게 무장해제 됐다.

"이놈의 자식, 아버지는 가족들 먹여 살린다고 쎄빠지게 일하다 다쳤다는데, 하라는 공부는 안 하고 게임질이나 하고 있어?"

엄마는 가냘픈 손목과 얄팍한 손두께에 배신감을 느낄 만큼 손맛이 매콤했다. 인터넷 강의를 다 듣고 잠깐 하던 중이었다는 핑계는 씨알도 안 먹혔고, 미처 게임을 종료하기도 전에 영재의 넓은 등짝에 엄마의 손도장이 사방으로 찍힌 것은 말할 필요도 없었다.

아무튼 이런 이유로 미운털 제대로 박힌 영재가 그날 이후 아버지의 대타를 뛰게 되었다. 물론 영재 말고 다른 인력을 구할까도 생각했지만 제대로 된 보험 하나 챙겨 놓지 않은 처지에 인건비까지 다른 사람에게 넘기려니, 영 계산이 안 나온 결과였다.

"딱 한 달 동안만 부탁하마. 어차피 주말만 시간 빼면 돼. 다른 날은 똑같이 학원 다니고. 근데 너 공부 안 하니까 아주 신나는 얼굴이다."

아버지는 미안함을 감추려 괜히 큰소리를 쳤지만 그 말이 아주 틀리진 않았다.

설마 무거운 이삿짐 나르는 일이 공부보다 좋을까 싶겠지만 영재는 나쁘지 않았다. 오히려 사통팔달 이삿짐센터 임시 대표직이란 생각에 어깨가 으쓱 올라갔다. 물론 대표직 물려줄 생각이 전혀 없다는 아버지와, 넘버2라 자임하는 김 부장 아저씨가 들으면 기가 찰 소리겠지만…….

'영재야 이름값 좀 하고 살자, 응? 내일 지각하면 용서 안 한다.'

이름을 들먹여서 기분이 상하긴 했지만 어쨌든 결석에 대한 허락은 받은 셈이라 가벼운 마음으로 작업을 시작했다.

목요일의 이사라? 영재의 상식으로 모든 이사는 주말에 이뤄질 것 같았지만 막상 업계의 실상을 알고 보니 이상하게 이사가 몰리는 날이 따로 있었다. 바로 손 없는 날이었다. 이 '손'이란 손님을 뜻하는데 이게 반가운 손님이 아니라 손해를 끼치는 악신을 지칭하는 거였다. 방향마다 악신이 찾는 날이 다른데 음력 9, 10일은 동서남북 사방에 악신이 없어 대부분의 이사 주문이 이날에 집중되었다. 다른 날보다 비싼 요금을 받으니 이삿짐센터로서도 그날이 길일이었다. 평일 손 없는 날의 이사는 김 부장 아저씨가 다른 사람을 불러서 했는데 이번 이사엔 사람 구하기가 힘들어 영재까지 투입된 거였다.

휴먼아파트 1307호에 들어서는데, 베란다에 화분이 한가득 보였다. 헉! 소리가 나오려는데 김 부장 아저씨가 영재 귀에 조용히 말했다.

"견적 많이 뽑았으니까 불평하면 안 된다."

화분은 포장도 힘들고 트럭에 실을 때도 위로 포개지 못해 자리를 많이 차지했다. 32평 아파트 치고 트럭이 크다 싶었더니 역시 변수가 있었다. 그래도 뭐 제대로 인건비를 받는다면야, 군소리할 필요도 없었다. 영재도 김 부장을 향해 눈을 찡긋했다.

40대 후반의 주인 부부는 잘 부탁한단 말과 함께 영재 일행에게 홍삼 드링크를 내밀었다. 이런 센스 있는 고객이라면 하루가 편하다.

"잘 먹겠습니다. 그리고 조금 있다 사다리차 들어오니까 사장님은 나가셔서 103동 앞 차 좀 미리 빼놔 주세요."

김 부장 아저씨 말에 주인이 나갔고 모두 간단하게 목만 축이고 각자 거실에 부려 놓은 종이 박스와 플라스틱 바구니를 들고 평소처럼 척척 자리를 잡았다. 주방은 인자 이모가 알아서 잘 해 줄 테고, 짐이 제일 많은 안방과 거실은 김 부장 아저씨와 권 대리가, 아이들 방과 베란다는 대학교 휴학 중인 종민 형과 영재 담당이었다.

"형은 과외처럼 편한 일 놔두고 뭐 하러 이런 일 해요?"

영재 말에 종민 형은 모르는 소리 말라며 손사래를 쳤다.

"그것도 좋은 대학 애들이 싹쓸이해서 나한테까진 올 게 없더라. 내년 학비 벌어 놓으려면 군말 말고 닥치는 대로 일해야 돼."

제발 아무 대학이나 들어가라고 아버지는 말했지만 종민 형 얘길 들으니 그렇지도 않은 모양이었다. 하긴, 영재와 여섯 살 터울 지는 미리 누나도 제법 알아주는 대학을 졸업했건만 취업이 안 돼 또 대학원까지 다녔다. 무슨 놈의 사회가 이렇게 끝없이 공부를 요구하는지 아무리 생각해도 알 수가 없었다. 그 생각을 하면 영재도 담임보다 깊은 한숨이 절로 나왔다.

"다른 이삿짐에 치여 줄기라도 꺾이면 곤란하니까 화분부터 먼저 포장해."

김 부장 아저씨가 작업을 지시했다.

베란다로 가려는데 거실 벽에 가족사진이 눈에 들어왔다. 고등학생, 중학생 정도의 형제가 있는 가정이었다. 지금쯤 저 애들은 학교에 있겠지? 시계를 보니 1교시 수업 중이었다. 검은 뿔테 안경에 또랑또랑한 눈빛, 어쩐지 모범생 분위기가 풍겼다. 현관을 지나오면서 얼핏 봤던 학생 방에는 문제집이 빼곡히 꽂힌 책상이 있었다. 틀림없이 공부를 잘하겠지? 아니 적어도 나처럼 바닥은 아닐 거야……. 본 적도 없는 아이와의 비교라니? 그래도 이삿짐이나 나르는 자신이 초라하게 느껴지는 건 어쩔 수 없었다.

영재는 애써 사진을 외면하고 베란다로 나갔다. 커다란 나무 화분과 꽃 화분이 베란다 가득이다. 화분 포장은 큰 비닐봉지를 줄기 위로 뒤집어씌우는 방식으로 한다. 그래야 이동 중에 줄기나 잎이 상하지 않는다. 작은 꽃 화분은 그대로 비닐봉투 안에 넣었다. 포장을 하면서 보니 화분마다 이름이 적힌 팻말이 꽂혀 있다. 한련화, 핑크제라늄, 목마가렛, 라벤더, 르네브, 카랑코에……. 장미, 개나리, 진달래밖에 모르던 영재로서는 처음 보는 꽃들이다. 화분도 먼지 하나 없이 깨끗이 닦여 있는 걸 보니 꽃과 나무를 정성스럽게 보듬었을 주인의 노력이 짐작되고도 남았다.

"하여튼 난 뭐가 있는 척하는 집들이 제일 싫어. 꽃집도 아니면서 뭔 화분이 이렇게 많대?"

고갤 돌려 주인이 있나 없나 확인한 종민 형이 작게 투덜거렸다.

솔직하게 말하자면 이삿짐센터 사람들이 제일 싫어하는 집이 책과 화분, 그릇이 많은 집이었다. 그리고 재수 없는 경우 가끔 그것이 겹치기도 했다. 지난번처럼 책도 많고 그릇도 많은 집이었다면 권 대리와 인자 아줌마 표정이 심각했을 것이다. 물론 두 사람 다 베테랑이기에 주인 앞에서 내색을 하진 않았다. 이삿짐센터도 입소문에 따라 소개가 들어오는 절대적인 서비스업이기 때문이다.

 5월의 아침, 활짝 열린 베란다 창문으로 시원한 바람이 불어왔다. 하지만 피 끓는 청춘을 식히기엔 역부족인지 벤자민 화분을 옮기는 영재의 이마로 땀방울이 흘러내렸다.

 103동 앞에 자리를 잡은 사다리차가 운반카를 올렸다. 창문을 떼어 낸 베란다에 운반카가 도착하자 이미 포장을 끝낸 짐들을 날랐다. 덩치가 큰 이삿짐 운반은 2인 1조로 했다. 하나, 둘, 으쌰! 구호에 따라 합을 맞춰 힘 좋은 사람 등에다 짐을 실어 주면 그걸 운반카까지 혼자서 나르는 방식이다. 나이가 많지만 노련한 김 부장과 영재가 거의 등짐 지는 역할을 맡았다. 영 힘을 못 쓰는 종민 형과 인자 아줌마는 끝까지 포장 전담이다. 장롱처럼 부피가 커다란 짐은 운반카의 양쪽 날개를 떼어 내고 내렸다. 하나, 둘, 으쌰! 구호가 쉬지 않고 이어졌고 에어컨, 냉장고, 장롱 등이 모두 나갔다.

 "트럭에 짐 실을 테니까 빠진 거 없나 살피고 나와라."

 권 대리가 먼저 내려가며 영재에게 마무리를 부탁했다. 영재는 짐이 나간 거실을 둘러봤다. 한 덩이로 뭉쳐 돌아다니는 먼지와 또르르 굴러가는 100원짜리 동전만 남고 텅 비었다. 사람이 살던 흔적이 빠져 그런지 쓸쓸해 보였다.

똑같은 평수에 똑같은 구조의 아파트라도 집에서 받는 느낌이 다른 건 결국 공간을 채우는 짐 때문이었다. 책이 많은 집에서는 책 냄새가 났고, 사진이 많이 걸린 집에서는 추억을 읽을 수 있었다. 피아노와 바이올린이 있던 집에서는 어쩐지 클래식 음악의 선율이 둥둥 떠다니는 기분이었다. 이 집은 꽃과 나무들 때문에 첫인상부터 파릇파릇했다. 아직 이삿짐센터 일에 정나미가 덜 떨어져서 그런지 영재는 종민 형과 달리 이 집이 맘에 들었다. 자신이 살 것도 아니고, 머물 것도 아니면서 집이 좋고 싫음이 있을까 싶겠지만 영재는 이삿짐을 싸고 풀면서 나름으로 집에 대한 평가를 내렸다. 화목한 집, 허세 있는 집, 삭막한 집…….

영재는 공간을 차지하는 짐들에게는 이야기가 있다 믿었다. 영재의 컴퓨터가 고난(인강)과 환희(게임과 야동)의 속사정을 갖고 있듯이 말이다. 영재가 그 느낌을 말했을 때 종민 형은 대뜸 콧방귀부터 뀌었다.

"헛소릴 하는 거 보니 네가 아직 덜 힘들구나. 이삿짐에는 이야기가 아니라 무게만 있을 뿐이야."

종민 형이 어이없어 하며 말을 뚝 잘라 버렸지만 어느 날 영재는 먼지가 쌓인 채 거실에 놓인 러닝머신에서 잔소리를 들었다.

"며칠 하지도 않을걸, 자리만 차지하게 이걸 왜 샀는지 몰라."

앵앵거리는 부인의 목소리였는데, 역시 남편의 배가 불룩 나와 있었다. 그날 영재는 종민 형 모르게 터져 나오는 웃음을 참느라 애를 먹었다.

로봇 청소기, 무선 스팀다리미, 홍삼 제조기 등이 있던 집에서는 주방 일을 하던 인자 이모가 영재 귀에다 속삭였다.

"이 집 주인 홈쇼핑 엄청 보는 눈치다. 음식물 처리기는 나도 사려고 했던 건데……."

베란다 창고에 처박혀 있는 풀지도 않은 홈쇼핑 박스를 보며 영재도 그 말에 고개를 끄덕였다. 그리고 볼링공 세트, 골프채, 자전거, 피크닉 테이블, 텐트를 포장하면서는 주말마다 활동적으로 즐기는 가족의 모습이 떠올랐다.

그 뿐이 아니었다. 공간 배치를 잘 살피면 집안의 권력 구조도 알 수 있었다. 안방을 고3의 공부방으로 내 준 경우는 아들이 집안의 실세일 확률이 컸다. 아들에게 바라는 부모의 과도한 기대와 희망이 엿보여 영재는 자기 일도 아닌데 괜히 숨이 막혔다.

"우리 애 책이 좀 많죠? 무슨 애가 공부만 해. 지난번 모의고사는 전국 상위 3퍼였던가? 그치 여보?"

남편까지 동원해 증명하는 여주인의 말을 듣고 보니 안방을 써도 미안하지 않을 성적이긴 했다.

지중해풍의 파란 커튼과 하얀 식탁, 등나무 소파는 주부의 입김이 세다는 증거였다.

"엉덩이 배기게 웬 등나무람. 요새 가죽 좋더구만……. 아이고, 조잡스러워라."

고개를 젓는 김 부장 아저씨처럼 대부분의 남자는 그런 인테리어를 좋아하지 않았다. 간혹은 노부모와 같이 사는 집도 있었는데 아이들보다 작은방을 배치받는 것으로, 나이 들고 경제력을 잃은 대한민국 노인의 위치를 선명하게 보여 줬다. 따져 보니 영재 방도 주방 옆 제일 작은방이었다. 공부 잘한 누나에게 떠밀린 결과라 생각하면 너무 비참하기에 영재는 자신이 막내라서 그런 거라고 믿었다. 게다가 누나가 시집가면 창문이 커서 시원한 그 방이 자기에게 돌아올 테니 그리 실망스럽지 않다고 생각했다. 영재는 낙천적이었다.

영재는 겨우 세 달, 종민 형은 아홉 달이지만 나머지 사람들은 전부 노련했고 휴먼아파트 1307호의 모든 짐들은 세 시간 반 만에 트럭 안에 실려 있었다. 반드시 네 시간에는 심을 싸고, 되도록 여덟 시간 안에 이사를 끝낸다는 뜻으로 ─ 숫자 말고는 아무 관련이 없건만 – 아버지가 지은 사통팔달 이삿짐센터 직원들은 싼티 풍기는 이름과는 달리 베테랑들이었다. 텅 빈 집으로 들어온 주인이 손목시계를 보며 만족스럽다는 듯 고개를 끄덕였다. 이 정도로 뭘! 보기와는 다르게 달인이랍니다. 영재는 우쭐한 얼굴을 감추며 굴러다니는 쓰레기를 봉투에 넣었다. 그러고는 이사 들어올 사람을 위해 청소까지 마치고 새 집을 향해 출발했다.

새로 들어갈 집은 45평이었다. 넓은 집으로 이사하면 짐 정리가 수월했다. 무엇보다 주인의 표정이 밝아 일하는 입장에서도 맘이 편했다.

새 집에다 짐을 부려 놓고 인근 식당에서 늦은 점심을 먹는데 김 부장 아저씨가 입가심으로 좋다며 막걸리 한 통을 주문했다. 그러더니 영재에게도 권했다.

"아버지 빈자리 채우느라 힘들 텐데 한잔해."

우유보다 달게 마시는 종민 형을 보면 한잔 꿀꺽 먹고 싶었지만 영재는 이상하게 술만 들어가면 얼굴이 붉어졌다. 할 수 없이 입을 쩝쩝 다시며 사양했다.

"인마, 딴 데 가서 퍼 마시지 말고 아저씨가 줄 때 받아. 그래도 싫어? 얼굴은 소도둑처럼 생겨서 하는 짓은 영 샌님이라니까. 하여간 별종이야, 별종! 천수 형님은 공부 안 한다 걱정하지만 네 녀석 일하는 거 보면 난 믿음이 간다, 영재야!"

아버지의 고향 후배 김 부장 아저씨가 영재 머리를 북북 문질렀다.

주방 담당 인자 이모도 막걸리를 들이키더니 영재 칭찬에 한마디 보탰다.

"지난번에 에어컨 나르다 허리 삐끗했을 때, 난 다음 날 안 나올 줄 알았어. 그랬는데 일요일에 제일 먼저 나와 있어서 얼마나 놀랐다고."

인자 이모가 기특해 죽겠다며 영재 볼을 잡아 흔들었다. 험한 일을 하는 사람답게 악력이 실려 있어 볼따구가 아팠지만 기분이 나쁘진 않았다. 180이 넘는 키에 90킬로그램, 볼에 포인트로 있는 여드름이 아니면 절대 청소년으로 보이지 않는 노안까지, 누구라도 위협적으로 보는 영재였지만 사통팔달 이삿짐센터에서는 그냥 귀염둥이였다.

"아까 실외기 짊어질 때 보니까 가랑잎 매단 것처럼 잽싸게 나르던걸! 종민이 저 자식은 에어컨 하나로도 혀를 쭉 빼더구만."

괜한 비교에 종민 형이 입을 비죽 내밀며 투덜거렸다.

"영재랑은 체급이 다르잖아요."

체급의 문제도 없진 않겠지만 영재는 힘쓰는 요령을 빨리 익했다. 힘이 있다고 무거운 걸 번쩍 드는 건 아니었다. 장미란보다 덩치 좋은 사람도 그만큼의 무게를 들어 올리지 못하는 것처럼, 이삿짐도 무턱대고 힘을 쓰면 안 되는 일이었다. 짐을 나르기 전 제일 먼저 듣는 말도 의욕이 넘치면 큰일 난다는 거였다. 장롱, 냉장고처럼 무겁고 덩치 큰 물건은 특히나 힘과 요령이 다 있어야 했다.

"요령이 70, 힘이 30이야. 네가 아무리 덩치가 커도 요령이 없으면 몸만 힘들어. 어디다 힘을 줘야 하는지 일하면서 찬찬히 깨달아야 돼."

김 부장 아저씨 말이 맞았다. 아버지 대신 급하게 투입된 첫날 영재도 일이 끝난 후 된통 앓았다. 짐 나르다 생긴 멍에 근육통까지 겹쳐 밤새 잠도 못 잘 정도로 끙끙거렸다. 두 번째, 세 번째 이삿짐을 나를 때는 처음보다 덜 끙끙거렸고, 영재는 이제야 조금씩 요령이 붙었다.

인자 아줌마가 말한 그날은 에어컨을 나르다 허리에 무리가 갔고 영재도 일하기 싫어 꾀병을 부릴까 생각했다. 그런데 엄마가 뜨거운 수건으로 마사지를 해 주고 누나가 파스를 붙여 주니 다음 날 아침 컨디션이 괜찮았다.

"사람 구했다니까 아프면 나가지 마. 하루 벌어 사는 인생은 몸이 제일 중요한 법이야."

게임한다고 등짝을 두들겼던 엄마의 다정한 한마디에 영재
는 마음이 흔들렸다. 나가지 말고 하루 제껴? 하루 쉬는 걸로
마음을 굳혔을 때 영재를 다정히 바라보는 엄마의 눈빛과 마주
쳤다. 놀면 뭐 하나, 그냥 가자!

아버지의 입원이 길어지면서 자신이 가정의 생계를 담당하
고 있다는 의무감이 자연스럽게 생겼다. 영재는 그것이 부담스
럽기보다 자랑스러웠다. 엄마의 만류에도 영재가 굳이 일을 나
간 건 어쩐지 가장의 역할을 충실히 해야겠단 책임감이었다.

"영재야말로 누구든 탐 낼만 하죠. 덩치 크지, 힘 좋지, 성실
하지."

평소 말이 없는 권 대리까지 거드니 얼굴이 홧홧했다. 영재가
부끄러워 살짝 고개를 돌리는데 사통팔달 이삿짐센터의 영원한
맞수 종민 형이 분위기를 반전시켰다.

"그러게요. 아무튼 공부만 잘하면 나무랄 데가 없는 아이라
니까요."

훈훈한 분위기에 찬물을 끼얹은 종민 형을 향해 눈을 흘기는
데, 김 부장 아저씨가 깊이 이해한다는 듯 고개를 끄덕였다. 그
러자 권 대리, 인자 이모도 종민 형 말에 긍정하는 얼굴이었다.

아놔, 이 분위기는 뭐지? 역시 대한민국에서 공부 못하는 학
생은 영원한 루저임이 확실했다. 공부와 하등 관계없는 이삿짐

업계에서도 이런 대우를 받으니 말이다.

든든히 먹고 난 후 마지막 힘을 써 가며 이삿짐을 정리했다. 화분의 위치 말고는 까다롭게 굴지 않은 주인 내외 덕분에 오후 일은 수월하게 끝났다. 그리고 받은 하루의 일당. 영재는 돈 봉투에 입을 맞췄다. 캬, 이 맛에 일하는구나!

중간고사 결과로 담임과의 면담이 있었다. 성적이 많이 떨어진 아이들 순으로 면담이 시작됐고 영재는 1순위였다.
"아휴, 여기 등수 봐라. 네가 봐도 심하지? 먼저 핑계 댈 기회를 줄게. 뭐든 내가 납득할 만한 스토리를 대 봐."
남녀공학인지라 같은 학교 6년 선배인 누나 말에 따르면 지금 영재의 담임은 꽤 꼼꼼한 성격의 남자라 했다. 영재 생각에도 거짓말로 쉽게 넘어가지 않을 성싶었다.
영재가 어쩔까 머리를 굴리는 사이 담임이 먼저 선수를 쳤다.
"한미리가 누나지? 내가 가르친 앤데 똑 부러지고 공부도 꽤 잘했어. 네가 동생이라 해서 깜짝 놀랐다. 그런데 누나가 너 성적보고 뭐라 안 해?"
남매라고 같이 공부 잘하란 법이 어디 있는가? 그리고 그 잘난 누나도 지금 취업이 안 돼 온갖 스트레스를 다 받고 있었다. 거기에 비하면 영재는 주말마다 일해서 차곡차곡 돈을 벌었다. 아무것도 모르면서 누나와 비교하는 담임 말에 영재는 발끈했다.

"사실 요즘 이삿짐센터 일 하고 있어요."

영재는 누나가 취업에 실패하고 아버지가 다친 것까지 자세한 집안 사정을 말했다. 졸지에 가장의 역할을 떠맡게 되었다고, 담임이 생각하는 것처럼 아무 생각 없이 빈둥대는 건 아니라는 걸 알리고 싶었다.

담임은 턱을 괴고 진지하게 이야기를 들었다. 왜 성적이 떨어졌는지 이제 충분히 아셨죠? 말을 끝낸 영재가 담임 얼굴을 쳐다봤다. 그런 사정이 있었구나, 내가 미처 챙기지 못해 미안하구나, 담임이 손을 잡아 주면 영재는 쿨하게 괜찮다며 동정 따위는 사양할 생각이었다.

"사정이 딱하게 되었네. 그런데 말이야, 아버지가 아무리 병상에 누워 있어도 너한테 바라는 마음이 바뀌진 않으셨을 거라 생각돼. 네가 공부 열심히 하기를 기대하실 거라는 말이지. 어쩌면 누나 때문에 대학 졸업이 우습게 보일 수도 있을 거야. 하지만 여전히 대학은 우리 사회에서 가장 많은 기회를 얻을 수 있는 곳이야. 아버지 대신 일하느라 힘든 건 알겠지만 그럴수록 더 노력해야지."

다른 애들은 어쩐지 몰라도 생각해 보면 영재는 어릴 때부터 공부를 못했다. 받아쓰기도 어려웠고, 구구단을 외울 때는 하늘이 노랬다. 영어를 쐴라쐴라 말해야 하는 건 공포스러웠고 수학은 당연한 절차로 포기했다.

노력하라고? 그걸 누가 모르냐고요? 하지만 안 되는 걸 어떡하냐고요? 영재는 그 '노력'이 안됐다. 의자에 긴 시간 앉아서 영어 단어를 외우고, 공책 한 장 가득 식을 적어 가며 문제를 푸는 게 정말로 힘들었다. 물론 그런 노력을 안 해 본 것도 아니었다. 남들이 들인 시간보다 적었을지는 몰라도 영재도 그 '노력'이란 걸 해 봤었다. 하지만 결과는 참혹했다. 공부를 하건 안 하건 성적의 차이가 거의 없었다. 그럼 아버지가 말했다. 더 노력하라고, 노력해서 안 될 건 없다고. 그 '노력'조차 힘들다는 걸 아버지도 담임도 이해하지 못했다.

결론은 또 '노력'이었다. 면담이 끝나고 나오는데 영재 뒤통수에 대고 담임이 말했다.

"영재야, 이름값 좀 하고 살자."

아, 이름이 또 태클을 거는구나. 교무실 옆 중앙 현관에서 거북스런 이름을 한탄하고 있을 때, 문득 옆쪽 벽으로 삐뚤게 걸린 액자 하나가 눈에 들어왔다. 칼같이 짐을 정리하는 직업병 탓인지 영재는 눈에 거슬리는 액자의 위치를 바로 잡아 주었다.

'중앙 현관의 한쪽 벽을 차지할 정도면 상당히 중요한 내용

이 적혀 있을 텐데, 도대체 뭘까?'

액자 유리에 바싹 얼굴을 들이대고 읽어 보니 '국민교육헌장'이었다. 언제 걸었는지 안에 적힌 글자가 모두 바랜 상태였지만 유독 영재 눈에 쏙 들어오는 글귀가 보였다.

'성실한 마음과 튼튼한 몸으로, 학문과 기술을 배우고 익히며, 타고난 저마다의 소질을 계발하고, 우리의 처지를 약진의 발판으로 삼아, 창조의 힘과 개척의 정신을 기른다.'

오호라! 요것이 내 얘기구나 싶었다. 우선 성실한 마음과 튼튼한 몸은 베이스로 갖고 있었고, 기술은 돈까지 벌면서 착실히 익히고 있었다. '학문'에서 살짝 찔리긴 했지만 배워도 안 되니 어쩔 수 없는 노릇이고, 무엇보다 중요한 문구는 '타고난 저마다의 소질'을 계발하는 거였다. 김 부장 아저씨도 그러지 않았던가. 힘쓰는 데는 타고났다고. 그렇다면 남들보다 크고 좋은 몸을 가지고 '창조의 힘과 개척의 정신'을 길러야 한다는 말씀! 이렇게 훌륭한 말씀이 교무실 바로 옆에 적혀 있는데 담임은 어째 저리 갑갑할 수 있을까. 덩그러니 놓인 이삿짐에서조차 이야기가 있다고 믿는 영재였지만 담임과는 몇 백 광년만큼의 거리감이 느껴질 정도로 말이 통하지 않았다.

야유회 잡았는데 비가 와서 어떡할 거냐 항의 전화도 많이 받는다지만, 여느 해보다 이르게 찾아올 거라는 장마는 기상청이 제대로 맞혔다. 6월 초부터 비 오는 날이 계속 이어졌다. 이삿짐 업체는 날씨 영향을 많이 받았다. 비와 눈은 물론 사다리차를 올려야 하기에 바람도 중요한 변수였다. 장마라고 이사가 아예 없는 건 아니었지만 그래도 예약 건수가 상당히 줄었다.

책상에 영어 문제집을 펴 놓았지만 영재의 눈은 사통팔달 스케줄 표에 가 있었다.

"이달은 애기 분유값도 안 나오겠는걸……."

권 대리의 푸념을 엄살로 넘길 수 없을 만큼 6월 일정이 텅 비었다. 그래서 동명사 용법을 보면서도 영재의 머릿속은 온통 그 걱정뿐이었다. 무슨 좋은 방법이 없나 궁리를 해 봐도 뾰족한 수가 없었다. 그때였다. 뒤통수에서 딱, 소리가 나더니 영재 눈앞에 별이 보였다. 이 무슨 황당한 상황인가 싶어 고갤 돌리는 순간 아버지와 눈이 마주쳤다.

"책 펴 놓고 잘하는 짓이다. 사람이 들어와도 모를 정도로 뭔 딴 생각이야?"

중요한 사업 구상을 하는 영재의 마음을 몰라도 유분수지, 아버지는 학원비가 아깝다는 둥 하며 영재의 태도에 대해 한참을 혼냈다.

"이달에 통 일이 없어서 그 걱정하고 있었다고요!"

회사를 내 몸처럼 사랑하고 걱정하는 사원이라면 보너스까지 주면서 치하해야 하는 게 당연하건만 아버지는 한심하다는 듯 영재를 바라봤다.
"그건 내가 알아서 할 테니까 당장 이삿짐센터에서 손 떼! 좀 전에 담임 선생님이 전화하셨더라. 너 지금이라도 마음잡지 않으면 대학은 물 건너갔다고."
한 마리의 양도 놓치지 않고 반을 이끌겠다는 담임의 열정이 결국 아버지와의 통화로 이뤄졌구나. 대학에 대한 희망 따위 사뿐히 즈려밟고 싶은 게 영재의 속내였지만, 그걸 차마 입으로 뱉어 낼 수는 없었다. 그건 그동안 따박따박 학원비를 내 주신 아버지에 대한 예의며, 강의 시간마다 꾸벅꾸벅 졸았던 영재의 양심 때문이었다.
"알았어요. 열심히 공부하면 되잖아요. 그래도 주말은 계속 제가 할게요."
아버지가 퇴원했지만 직접 현장을 뛸 만큼 몸이 회복되지 않았다. 영재 말에 잠시 주춤한 아버지는 고갤 젓더니 신경 끄라며 학생의 본분은 공부다, 공부를 안 하면 나중에 취직도 못하고, 장가도 못 가고 결국 패가망신하게 된다고 큰소리로 말씀하셨다.
무슨 말도 안 되는 소리람! 영재가 알기론 아버지도 공부를 못했다지만 결혼도 했고, 자식도 낳았고, 게다가 사통팔달 이삿짐센터도 운영하고 있지 않은가? 그래도 말대답을 하진 않았다. 술 한잔 들이켠 아버지의 잔소리는 아무리 길어도 30분을 넘기지 않았다. 까짓 거 30분 못 버티랴 하는 호기로 버티기에 들어갔는데 역시나 아버지의 잔소리는 오래가지 않았다.

그 대신 억장으로 취한 미리 누나가 집에 오더니 거실에서 대성통곡을 시작했다. 언제나 똑 부러지게 행동하는 누나답지 않았다.

"미리야, 무슨 일이야? 도대체 왜 그래?"

아버지가 고개 숙인 누나의 얼굴을 감싸 안았다.

"못난 모습 보여 드려서 죄송해요. 근데 저도 할 만큼 했어요. 아시잖아요? 저, 어렸을 때부터 공부만 했어요. 열심히 노력하면 다 된다고 해서, 그 말만 믿고 책만 팠잖아요. 근데 저를 필요로 하는 데가 어떻게 한군데도 없대요? 제가 그렇게 쓸모없는 사람이에요?"

학점도 좋고 토익 점수도 괜찮은데 누나는 또 취업에 실패했단다.

"인연이 아닌 거지. 실망 말고 다른 데 이력서 넣어 봐."

망연자실한 엄마 대신에 아버지가 누나 어깨를 두드렸다.

"다른 데 어디요? 작년부터 이력서 넣은 데가 몇 군데인지 아세요?"

미리 누나 눈에서 뚝뚝 눈물이 흐르는 걸 보니 영재 맘도 좋지 않았다.

"누나처럼 실력 좋은 사람이 갈 데 없을까 봐? 어디든 가겠지."

영재로서는 짐짓 위로하려고 한 말이었건만 그게 누나의 설움을 더 폭발시켰다.

"아무 데나 갈 생각 따위 없어. 그럴 생각이었으면 이렇게 억울하진 않을 거야. 사람들한테 인정받고 월급도 많이 받고 싶어서 기를 쓰고 공부한 거란 말이야. 근데 나보다 잘난 것들이 왜 이리 많다니? 우리 사회는 학력도 인플레야. 영재야, 너도 공부만 할 게 아니라 딴 길 찾는 것도 괜찮아. 나처럼 멍청하게 살지 말라고."

인플레? 사회 시간에 배웠던 거 같은데……. 맞다. 떠도는 돈이 넘치는 걸 인플레이션이라고 했지. 근데 학력도 인플레라고? 하긴 대학에 안 간 사람 찾기가 이렇게 힘드니…….

한바탕 눈물을 쏟아낸 누나는 판다처럼 번진 눈 화장을 지우지도 못한 채 거실 바닥에 쓰러져 잠이 들었다. 영재는 베개를 가져와 누나의 머리에 괴 주었다. 공부 좀 한다고 영재의 성적을 놀릴 때마다 꼴 보기 싫었는데, 입까지 벌리며 무방비하게 잠든 누나의 모습은 초라하고 짠했다. 그리고 집안의 자랑이던 미리 누나의 모습을 바라보는 아버지 얼굴도 착잡해 보였다.

공부만 할 게 아니라 딴 길을 찾으라는 미리 누나의 말 때문인지, 아니면 인건비 절약을 위한 전략인지 아버지는 영재가 주말 이사에 나가는 걸 보면서도 짐짓 모른 척했다. 그리고 사통팔달 이름에 어울리게 여덟 시간 이사를 끝내고 집에 돌아온 뒤에도 별 말이 없었다.
"닷주부터 기말고사라며? 소고기 푹 삶아서 곰탕 끓여 놨으니까 먹고 공부해."
대단한 술주정 퍼포먼스를 뿜낸 누나도 영재 얼굴 보기가 겸연쩍은지 방으로 피했고, 오로지 엄마만이 힘쓰고 온 영재를 챙겨 주었다.
고기 반, 국물 반의 진한 곰탕을 먹은 뒤 기말고사 공부를 하려고 책상에 앉은 영재는 열심히 노력해서 일도, 성적도 모두 쟁취하리라 굳게 마음먹었다. 하지만 세상일이 마음먹은 대로만 되지는 않는 법, 당연히 10분이 지날 쯤부터 영재의 눈꺼풀은 서서히 내려갔다.
툭툭 어깨를 치는 손길에 영재는 화들짝 놀라 깼다. 잠깐 잠이 들었나 싶었는데 그사이 시계는 두 시간을 건너뛰어 자정 무렵이었다.

"그럼 그렇지. 네가 무슨 공부를 한다고? 침대로 가서 자."

아버지 목소리가 퉁명스러웠다. 하루 종일 일하다 왔으니 졸린 건 당연하건만 그런 것도 이해 못해 주나 싶어 서운했다. 영재는 아버지 얼굴과 마주치기 싫어 잠기운에 눈을 채 못 뜨는 척하며 침대에 벌렁 드러누웠다. 전기세에 벌벌 떠는 아버지기에 불을 끄고 금방 나가리라 생각했는데 어쩐지 옆에서 아버지 기척이 느껴졌다.

뭐지? 아직 할 말이 남은 건가? 또 어떤 잔소리를 쏟아 내려고? 끝까지 잠든 척하기가 멋쩍어 영재가 살짝 눈을 떴을 때였다.

"잠 깼으면 파스 붙이고 자. 안 붙인 것보단 훨씬 낫다."

아버지가 순식간에 영재 몸을 돌리더니 허리에 파스를 붙였다. 그러더니 또 순식간에 불을 끄고 방을 나가 버렸다. 홧홧한 파스 기운이 나쁘지 않아서 영재는 어둠 속에서 씽끗 웃었다.

"야, 심하다. 그치?"

기말고사 결과를 들여다보는 담임 얼굴이 일그러졌다. 심한 성적이 어디 한두 번이던가? 영재는 담담하게 고개를 끄덕였다.

"어떡할래?"

"노력할게요."

영재의 대답에 담임이 피식 웃었다. 담임이 좋아하는 '노력'을 하겠다는데 왜 어이없다는 표정을 짓는가 싶어 영재도 피식 웃었다.

"노력한다 했으니 믿는다, 알았지? 가 봐."

여름 더위에 지쳤는지 면담은 금세 끝났다. 하지만 영재의 말은 아직 끝나지 않았다.

"저, 모레 학교에 빠져야 해요. 손 없는 날이라서요."

담임이 영재의 기습 공격에 입을 쩍 벌렸다. 그러는 와중에도 잠깐의 망설임이 담임 얼굴에 스치는 걸 영재는 놓치지 않았다. 그렇다면 필살의 애교다.

"사람을 못 구해서 그래요, 쌤."

거구의 애교에 넘어가서가 아니라, 지난번 지나는 길에 들렀다며 아버지가 사 온 홍삼 드링크의 힘 때문에 담임은 마지못해 허락했다.

"영재 저 녀석, 보기와 다르게 머리 쓰고 몸 쓰면서 열심히 살고 있습니다. 혹여 학교에서 졸더라도 너그럽게 좀 봐주세요."

아버지는 허리를 깊이 숙여 담임에게 인사를 남겼다고 했다. 지난번 사고도 있는데 아버지 허리에 무리가 갔을까 걱정이 된다면서 담임이 말해 주었다.

교무실을 나오는 영재의 뒤통수로 담임 목소리가 들렸다.

"진짜 너 보면 답이 안 나온다. 근데 영재야, 이젠 정말 이름값 좀 하고 살아야 한다."

영재는 교무실을 나와 다시 '국민교육헌장' 액자 앞에 섰다. 그리고 '타고난 저마다의 소질'이 모두 다를 텐데 왜 공부만 하라고 할까, 라는 심오한 질문을 스스로에게 던졌다. 담임은 영재에게 '답이 없다'지만 어차피 인생은 주관식이었다. 답이 정해져 있을 리 만무했다.

덩치 크고 힘 좋은 영재에겐 이삿짐 일이 제격일 수도 있을 터였다. 물론 아닐 수도 있을 테다. 그렇지만 무슨 일이라도 해 보지 않으면 '타고난 저마다의 소질'이 있는지 없는지 어떻게 알겠는가? 공부가 영재 적성에 도무지 안 맞는 것처럼 말이다.

냉장고, 세탁기, 에어컨, 텔레비전, 장롱, 피아노를 체크해 가며 견적을 뽑는 것처럼 영재도 무엇이 적성이고 소질인지 이제 알아 가는 중이었다. 어떻게 해야 이름값을 하는지 모르겠지만 아직까지 영재는 이삿짐센터 일이 좋았다. 그래서 번쩍 에어컨을 들 수 있는 지금의 모습이 충분히 맘에 들었다.

:: **작가의 말**

'서기 2000년이 오면 우주로 향하는 시대, 우리는 로켓 타고, 멀리 저 별들 사이로 날으리. 그때는 전쟁도 없고 끝없이 즐거운 세상……. 서기 2000년은 모든 꿈이 이뤄지는 해, 사바 사바 사바…….'

1983년, 도드라졌던 은빛 우주복을 입고 나온 어느 여가수가 불렀던 노래다. 사회 교과서를 베껴 쓰는 한심한 숙제를 하고 있던 나는 텔레비전을 보면서 어서 2000년이 오라고 두 손 모아 빌었다. 2000년이면 분명 학교는 가지 않을 테고, 방 한가운데 홀로그램 영상으로 나타난 선생님의 수업을 들으며, 숙제 따위는 로봇이 알아서 해 줄 거라 믿었다. 그런데 30년이 지난 지금 우리는 어떻게 살고 있을까? 우주는 글로벌 부자들의 여행 공간일 뿐이고, 하늘에 별 한번 쳐다보기 어려울 만큼 바쁘게 살고 있다. 학교? 당연히 다녀야 하고 입시는 바늘구멍보다 더 작은 나노 단위로 좁아졌다. 못 살겠다 자살하는 청소년 비율도 세계 최고다. 우리는 모두 대학문이 좁은 줄 알고 있다. 그런데도 그 문을 통과하겠다고 머리를 맞댄 채 싸우고 있으니 누군들 행복할 수 있을까?

"거기만 길이 아니야. 다른 길도 있단다."

대학문을 향해 가는 길에서 살짝 고개만 돌려도 조금은 살만 하지 않을까? 타고난 덩치를 이용해 이삿짐을 나르는 이 글의 영재처럼 말이다. 영재의 앞날이 뻔하다고? 겨우 열여덟 청춘에게 뻔한 인생이라고 돌을 던지는 나쁜 어른이 되지 말자. 냉장고와 에어컨을 번쩍 들어 올리는 영재의 모습이 아름다운 이유는 원심력을 거스르며 반대 방향으로 고개를 튼 그 용기에 있을 거다. 그래서 바닥권 성적 때문에 이름값 못한다는 잔소리를 듣기도 하지만, 누구보다 뻔하지 않은 선택을 한 영재에게 박수를 보내고 싶다.

'서기 2030년이 오면······.'

영재야말로 이 노래의 가사를 행복한 내용으로 채워 줄 거라, 나는 믿는다.

정은숙

청소년 시절, 나를 쏙 빼고도 잘 돌아가는 세상이 불온해 보였다. 세상은 온통 음모로 뒤덮여 있는 것 같았다. 내가 불온한 세상과 화해하는 방법은 글을 쓰는 거였다. 지금도 맘에 들지 않는 세상에 대해 할 말이 많고, 그 이유로 아직까지 글을 쓰고 있다. 운이 좋아 혼자서 구시렁대던 말들이 책으로 나올 수 있었다. 투덜거리면서 쓴 책으로 《봉봉초콜릿의 비밀》,《명탐견 오드리》,《정범기 추락사건》,《댕기머리 탐정 김영서》 등이 있다.